わたしの戦後史

——95歳、大正生れ、草の根の女のオーラルヒストリー
戦争の「痛み」を知る世代が求め続けたもの

【語り】谷たみ
【編著】堀江優子

梨の木舎

はじめに

谷たみさんは一九二四（大正一三）年、東京に生まれた。その翌年『女工哀史』を上梓した細井和喜蔵氏が自ら、谷さんの父（東京モスリン勤務）を訪ねて、自著を献本したという。書棚に置かれたこの本は、彼女の成長過程になにがしかの影響を与えている。また「東京高等師範学校附属小学校での教育により、社会に目を向けさせてもらった」とも回想する。恵まれた環境に育った彼女は社会に奉仕する人材になることを目指し、女学校卒業後の進路として看護学校を志望するが、その前に女子大で視野を広げてからと考え直して一九四二年、東京女子大学高等学部に入学した。

谷さんは、戦時色が強まる中で成長した世代だ。小学校に入学した年に満州事変が勃発、女学校に進学した年に日中戦争が始まり、卒業の前年に太平洋戦争に突入した。戦時下の勤労奉仕は女学校時代から始まり、女子大でも工場への短期勤労動員や勤労奉仕が行われていた。また一九四一年以降は、大学・高校・専門学校等の修業年限の短縮が実施され、谷さんは一九四四年九月に半年間の繰り上げで女子大を卒業したが、その二カ月前から通年動員（年間を通して勤労動員を実施する）が始まったため、七月一五日から卒業までの二カ月間は毎日、横河電気小金井工場に出勤している。卒業後も、徴兵されて戦地にいる兄を思うと進学する気になれず、そのまま工場勤務を続けたものの、資材不足で仕事がなくなり、翌年二月に辞めて、地域の勤労奉仕に加わるうち敗戦を迎えた。

敗戦の翌年に看護学校へ入学。その翌年（一九四七年）には、結婚により退学して、福島県の児童養護施設、堀川愛生園で働くことになった。敗戦直後は多くの人たちが傷つき、国全体が疲弊していたので、その手当てをしたいという意識が強かったと、谷さんはふり返る。愛生園での奉仕的な働きもそうした意識に支えられていた。一九五〇年代に入り、世の中も次第に落ち着いてくると、徐々に戦争責任について考えるようになり、六〇年安保では上京してデモに参加している。翌年、わが子の教育を考えて東京に戻り、校正の仕事に就く。その後、ベトナム戦争反対運動に注目して、仕事の傍ら平和運動のグループに加わり、そこでの交流からさまざまな運動に関わることになった。

＊

私が谷さんと出会ったのは、二〇〇六年の夏のこと。その頃、私は戦時下に母校（東京女子大学）に在学した卒業生たちから当時の体験をお聞きしており、谷さんは話を伺った卒業生の一人だった。この聞き取りはその後数年をかけて記録としてまとめ、二〇一二年に出版したが（↓二〇二頁）、戦時下の体験は決して過去の話ではない。戦争を体験した世代が少なくなる中、気がつけば戦争放棄という戦後日本の基本姿勢が揺らぎ、その一方で、従軍「慰安婦」や徴用工など、日本の戦争責任が改めて問われている。こうした状況を見るにつけ、戦後七〇年は何だったのか、自分自身も生きてきたこの年月を改めて見直したい気持ちになった。戦時下の体験を語ってくれた方々は、続く戦後をどう生きてきたのだろうか。

そう考えていたとき、手にした一冊の本の中に、谷さんの名前を見つけた。『反安保法制・反原発運動で出現――シニア左翼とは何か』（小林哲夫著、朝日新聞出版、二〇一六年）の中で、「経産省前テントで出合った最高齢のシニア左翼」として紹介されていたのだ。そこで、久しぶりにお会いして、長く市民運動に関わってきたという谷さんに、敗戦から現在にいたるまでの活動をお聞きすることにした。

同書の中で谷さんは「最高齢のシニア左翼」と紹介されている。「シニア左翼」という呼び方がふさわしいかどうかは疑問だが、ベトナム反戦運動以来、たゆまず市民運動を続けてきたことは事実だ。関わってきた運動はほとんどが先の戦争に関わるものであり、戦争責任とともに、問題の背景にある女性蔑視や貧困に関心を寄せている。一方で、谷さんはごく一般の生活者だ。仕事をもつ主婦であり、三人の子を育てた母である。ゆえにその運動スタイルは、勉強会やグループの活動に加わり、集会やデモに参加、裁判の傍聴、署名やカンパへの協力などを主とし、目の前の社会問題に関心を持ち、呼びかけや依頼に応えてできる範囲で行動している。仕事や家庭をもつ普通の市民が、長く運動を続けていくスタンスと言える。

谷さんはそれを「声を上げること」と表現した。そこには「戦時下に声を上げることができなかった」という戦争体験者としての反省がある。その思いで九五歳になる現在も、自分なりの活動を続けている。社会に対して声を上げること。本書は戦争を体験した世代の一つの「声」を記録したものである。

堀江優子

◉もくじ

4　入管体制・国籍法の問題に関わる　89

1　人生の出発点——戦時下に育ち、敗戦後の社会へ

『女工哀史』の存在

わが家の書棚に一九二五（大正一四）年に改造社から出版された『女工哀史』がありました。東京モスリン紡織株式会社に働く女工たちの過酷な労働実態を記録したノンフィクションです。著者の細井和喜蔵氏は東京モスリン亀戸工場に勤め、奥さんも同工場の女工さんでした。この本を上梓したとき、細井氏本人が小石川区小日向台町《こびなただいまち》（現文京区小日向《こひなた》）のわが家に父を訪ねて来られ、献本してくれたと母から聞いています。そのとき父は出かけていて、代わりに母が受け取ったのです。表紙の内側には「宇佐見大兄謹呈」と記されていました。私は一九二四年生まれですので、そのときはまだ一歳くらいです。

父は東京モスリンの社員でした。最近気づいたのですが、当時、金町工場の工場長だったのではないかと思います。というのは一九七四、五年頃、JR常磐線の金町駅近くの天理教の教会（布教所）の創立五〇周年記念の式に母が招待され、私もついて行きましたが、そのときに年輩の神職の方が母と顔見知りで、「宇佐見さんに工場内での布教を許可していただいたので……」と挨拶されたことを思い出したのです。

もちろん父は、東京モスリンの経営者ではありません。しかし工場では小学校を出て雇われた女工さんたちが低賃金の労働を強いられていて、ストライキがあったことを新聞で知っていました。『女工哀史』が労働者側からの告発だったことも、当時この本が社会的なインパクトをもった理由の一つだと思います。大正デモクラシーと呼ばれ、比較的解放的だったこの時期は、社会主義思想がインテリ層に受け入れられる傾向にありました。ですから労働組合だけでなく、会社側の理解もある程度あって、こうした本が出版できたのだろうと思います。

一方でこの年（一九二五年）には治安維持法が制定され、戦争へ向かって徐々に社会が暗転していく兆しが見えていました。また関東大震災から急速に復興した時期でもありましたが、数年後には世界恐慌に巻き込まれ、冷害凶作も重なって世の中は不景気にあえぎます。乞食やバタ屋（廃品業）、押売などがしばしば家々の戸口を回って来るなど、日常的に貧しさを目にしました。

わが家は金持ちではありませんでしたが、貧しい人たちから見れば、やはり恵まれた生活だったと思います。例えば小学校にしても、私たち兄弟姉妹は公立の尋常小学校ではなく、師範学校の附属小学校に通いましたし、小学校から中学や女学校、さらにその上の学校へと進学することができました。私は女学校に上がる頃には、自分の置かれているそうした社会的な立場について自覚していました。書棚にあった『女工哀史』は、その自覚を促したものの一つでしたし、その後の進路や生き方を決めていくときにも、この本の存在が影響したと思っています。

東京高等師範学校附属小学校での学び

東京高等師範学校附属小学校（略して附小、現筑波大学附属小学校）での教育も、私の進路に少なからず影響したと思っていますので、少しふれておきます。

私の姉、兄、弟は東京女子師範学校附属小学校（女師附属小、現東京学芸大学附属竹早小学校）に通いました。母もこの小学校の卒業生なので、ここを選んだのだと思います。もっとも母がここに通ったのは高等科の二年間だけで、それまでは区立の小学校に通っていました。一九〇〇年の小学校令改正で尋常科が四年制となったため、高等科に進学することとなり、そのときに区立ではなく、女師附属小の高等科に入学したのです。

もちろん私も女師附属小の入学試験を受けましたが、落ちてしまったため、わが家から徒歩一五分の所にあった附小に入りました。こちらの入試でも「あなたのお名前は？」「お父さんのお仕事は？」という質問に答えたところで、立ったまま〝おもらし〟をしてしまったのですが、結果は合格でした。附属小学校は研究実験校でしたから、当時は現在とは違って、親の職業などとともに児童の個性にもバラエティーを求めていたのかもしれません。

私が附小に学んでよかったと思うことは、社会に目を向けさせてもらえた点にあります。その一つは「五部」の存在です。私が通っていた頃の学級編成は、鶴見俊輔氏――附小の二年上級です――の書かれたものによると一部は四二名編成の男子学級、二部と三部はそれぞれ四二名編成の男女混合学級、四部は高等科（小学校六年の課程を経てから二年間）、そして五部は特別学級でした。特別学級はダウン症や知的障害のある子どもたちが学ぶクラスで、別棟の校舎で授業を受けていました。ただ運動会や学芸会などの行事はいっしょにしましたし、五大節の日は全校が本校の大講堂に集まりました。こうした子どもたちと身近に接したことで、ハンディキャップのある人たちをどう受け止めるか、考える機会を与えられたと思います。

後に知り合った花崎三千子さん（→四四頁）も附小の出身です。花崎さんは教職を経て、三〇代の頃から知的障害をもつ方を支援する仕事に就かれました。その根っこには附小で五部の児童たちと関わった記憶があって「できるだけあの人たちの側へ行こう」という思いから方向転換されたと、「障害のある方の傍らで」(1)という文章に書かれています。

私が在校した当時、附小の主事（校長）は佐々木秀一先生でした。後に（一九四二年頃）、新聞の訃報欄に佐々木主事のお名前を見つけて、記事にジョン・デューイの研究者だったとありました。(2)その実践だったのか、主事先生の方針により、私たちはたびたび社会見学――当時は「社会」という言葉は使わなかったかもしれません――に出かけました。思い出すのは、裁判所の法廷で、裁判を傍聴したこと。深編笠をかぶり、腰縄をつけた男性の被告の姿は、怖いというより気の毒に感じました。ずっと後になって、鶴見俊輔さんの「知られない努力」(『図書』二〇〇五年四月号、岩波書店)と題した、主事先生を回想する文章を読みました。鶴見さんは、先生がアメリカ留学の際にジョン・デューイを訪ねたことを知り、朝礼の訓辞が短かったのも、すれ違う生徒に名前で呼びかけたのも、デューイからきたのか、と合点したそうです。一人一人の生徒を名前で呼んだことについては、喜寿を記念して発行した私たちのクラス文集の中にも、主事先生から名指しで叱られたエピソードが綴られていて、「主事先生は全校の児童の名前と顔をご存じだ」という話は本当だったのだと、改めて知りました。

当時、附小の北側の一部はいわゆる貧困地区でした。大塚駅方面に帰る級友たちは、小学校の北側の門から出入りしていましたが、彼女たちの回想によると、この門の前には共同印刷の工場があり、暗い感じの民家が並び、共同印刷の赤煉瓦の壁の向こうでは、印刷機械がバタンバタンとひっきりなしに音を立てていて、その辺りが徳永直のプロレタリア小説『太陽のない街』(戦旗社、一九二九年)のモデルになった場所だと後で知ったそうです。共同印刷の隣りには小さな施療院があり、いつも患者があふれ、その次の角にあった興眞牛乳で、牛乳のビン詰めの機械が回るのを、帰りがけによく立ち止まって眺めたとのこと。また大塚駅近くには小綺麗な玄関の家屋が並び、入り口の敷居のところに一つかみの塩が盛られているのを不思議に思い、担任の隈江信光先生といっしょのときに「あれは何ですか」と尋ねたら、「おまじないだよ」とおっしゃったとか。そこは大塚の色町だったのです。

私はこの附小で受けた教育によって、社会的な視野を広げられたと思っています。ですから『女工哀史』に影響される前に、附小での教育による揺さぶりがあったと言えます。

恵まれた環境に育つ

私は幼い頃から比較的自由に育ち、小学校の頃から一人で映画館にも博物館にも行きました。もちろん最初は親に連れて行ってもらいましたが、気に入るとそれ以後は一人で好きなときに行くようになったのです。一九三一年、上野に国立科学博物館ができたときも、母は私と弟を連れて行ってくれました。その頃はまだケースにあまり展示品が入っていないような状態でしたが、興味を引かれるものがいろいろありました。最も好きで必ず見たのは、回り階段の天井からつり下げられた「フーコーの振り子（地球の自転がわかる仕掛け）」です。これは今でもあると思います。私はこの博物館が気に入り、入館料も五銭程度と蕎麦より安かったので（私の記憶では当時、もり・かけ蕎麦が七銭、市電の大人料金が全線で七銭、ハガキが一銭五厘）、それからは一人で何度も行きました。

また私は子どもの頃、手足が棒のように細かったので、母は私が小学校二年生のときにYWCA会館へ連れて行きました。神田駿河台に新築された東京YWCA会館には体育館と屋内プールが備わっていたので、母は私を児童ダンス部と児童水泳部に入れました。私のすぐ上の兄が数え年四歳で亡くなっているので、体の発育を気にしていたのでしょう。六歳年上の姉はすでに水泳部に入っていました。母は館長さんと顔見知りのようでした。それから三年ほど、四年生までそこに通いましたが、「府立の女学校へ行きたいなら、お稽古事はやめなさい」と担任の先生に言われてやめました。

小学校卒業後は東京府立第二高等女学校(3)(現都立竹早高校)に通い、それから東京女子大学(4)に進学しました。今振り返っても、当時としてはかなり恵まれた境遇に育ったと思います。私が自分の進路を考えるとき、社会に奉仕したいという気持ちを持ったのは、こうして恵まれて育ったという自覚があったからだと思います。敗戦後はなおのことです。亡くなった方も多く、国中が疲弊していました。家を焼かれたり、大黒柱の父親を失って、自分が家族を養わなければならない人もいました。私にはそうした制約がありませんでしたから、何かすぐに社会の役に立つ仕事につきたいと考えたのです。

東京府立第二高等女学校

私が住んでいた地域（旧小石川区、現文京区）にある府立高等女学校は、第二高等女学校でしたから、姉も同校の卒業生です。附小のクラスの女子二〇名の主な進学先は、私を含め四人が第二高女、七、八人が前年新設の第十高女（現都立豊島高等学校）、あとは第一高女（現都立白鴎高等学校）、第五高女（現都立富士高等学校）、女高師附属高女（現お茶の水女子大学附属高等学校）に一人ずつ、私立では青山女学院、跡見高女などに一人ずつといったところでした。

第二高女は東京女子師範学校(5)に併設されていたため、教師陣、設備ともに充実していたのではないかと思います。授業の他にも自由参加の課外活動があり、放課後に畳敷きの「お作法教室」で、お茶やお花などの稽古が行われていたので、私も一年生の初めに参加して、茶筅や朱色の袱紗を自宅用に買いました。薄茶の点前を一通り覚えた頃にやめてしまったので、濃茶点前はわかりませんが、お茶席に招かれても困らない程度には覚えました。

また第二高女は体育が盛んな校風だったと思います。夏は千葉県勝浦で臨海学校があり、日本泳法の水府流を習いました。毎年各学年（一～五年）一〇名ほどが参加していました。女子師範の学生も来ていて、彼女たちは教師のスキルとして水泳が必修だったのか、私たち高女生より熱心だったように思います。私は一年と三年のときに参加しました。日本泳法は水しぶきや水音を立てない優雅で実用的な泳ぎ方です。駿河台のYWCAの室内プールで水泳を習ったときは、クロールの息継ぎがうまくできず、上達しませんでしたが、日本泳法は顔を水につけずに泳ぐので、楽に長く泳ぐことができます。三年生で参加したときは二キロの遠泳を果たして三級の鉢巻きをいただきました。また全校で行った、新宿から八王子までの「剛健遠足」で四〇キロの行程を歩き切った体験は、戦中戦後の困難な時代を生き抜く自信になったように思います。山岳部の人たちは、富士、白馬、槍ヶ岳にも登ったそうですし、スキー合宿もあったとか。バレーボール部は大変強くて好敵手の私立中村高女と熱戦を繰り返していました。

五年生のときの日本画の先生は、のちに文化勲章を受けられた小倉遊亀《おぐらゆき》（当時は溝上《みぞがみ》ゆき）先生で、木枠に絹布を張ったものに、膠《にかわ》や胡粉《ごふん》を使って日本絵の具で描きました。私はフリージアの花を描きましたが、立派な肖像画を仕上げた人もいたようです。

私が小学校に入学した年に満州事変が起き、高等女学校入学の年（一九三七年）には日中戦争（当時は支那事変と呼んだ）が勃発。すでに戦時下にありましたが、社会情勢が大きく変わってきたと感じられたのは、皇紀二千六百年（一九四〇年）の祝賀行事の後あたりからです。五年生の修学旅行（一九四一年五月）では、日中戦争の悪化により海を渡るのは危険ということで、それまで朝鮮だった旅行先が関西に変更されました。二泊三日の日程は、伊勢の皇大神宮、吉野朝宮址、橿原《かしはら》神宮、桃山御陵（明治天皇の御陵）など、皇室関係が中心だった印象です。戦争協力としては、女学校内での勤労作業として傷痍軍人の白衣を縫ったり、陸軍被服廠や赤羽火薬庫などで短期間の勤労奉仕も経験しています。また宮城外苑整備の肇国報公隊というものができて、皇居前の広場で草むしりをしたり（一九四〇年七月二七日、作業の後で撮った記念写真があります）、慰問袋をつくったこともありました。

東京女子大学高等学部

女学校卒業後の進路として、私が考えていた一つに聖路加国際病院の附属の看護学校（聖路加女子専門学校）があります。当時、看護婦という職業は——日赤病院など大病院に勤務する場合は別ですが——個人医院の女中さんのような感覚で扱われるのが一般的でした。しかし米国聖公会の流れをくむ聖路加の看護学校で学べば、本来の看護の知識や技術を学べると思いましたし、卒業後に上級に進学する場合はアメリカへ留学する道もあったかもしれません。また橋本寛敏院長の奥様は、母の女学校の同級生でしたし、以前に近所で双子が生まれた折にお世話になったこともあって、近しい気持ちをもっていました。

一方で、姉は東京女子大学の国語専攻部を卒業しています。私自身は、同大の高等学部がいわゆるリベラルアーツを目指し、幅広くバランスの取れたカリキュラムであることに魅力を感じていました。また東京女子大学の入学案内に、愛恵学園（日本メソジスト教会の社会福祉施設）にお勤めの西田俊子さん（一九三〇年英語専攻部卒）と、益富鶯子さん（一九三一年高等学部卒、三四年大学部卒）の写真が載っていましたし、ナース姿で紹介されていたのは、聖路加国際病院にお勤めの滝沢稔子さん（一九三四年英語専攻部卒）だったと記憶しています。こうした卒業生たちの姿が、私の気持ちを東京女子大学に向けさせたように思います。まず女子大で学んで視野を広げ、それから次の道に進もうと考えたのです。無事受験に合格して一九四二年四月、高等学部に入学しました。この選択は私にとって正解でした。

戦時下の繰上卒業と勤労動員

当時、東京女子大学には四年制の専攻部（国語、英語、数学）と三年制の高等学部があり、高等学部の上に三年制の大学部を設置していました。これは形として、男子の高等学校（三年制）から大学（三年制）へと続く教育課程に相当させ、男子と同等の教育を目指したものでした。[6] しかし一九四四年一月の女子専門学校教育刷新要項により、東京女子大学の眼目だった高等学部と大学部は廃止となり、四年制の専攻部も廃止されて、三年制の国語科、外国語科、数学科、歴史科、経済科が新設されました。

またそれ以前、一九四一年度から戦時下の繰上卒業が実施されていたため、私は本来なら一九四五年三月に卒業するはずでしたが、半年繰り上げて一九四四年九月に卒業しました。しかもその直前に通年動員が始まり、卒業をひかえた私たち最上級生は、七月から約二カ月間、横河電機小金井工場に出動して毎日勤務に就きました[7]。この動員は卒業時に解除されたのですが、私と友人の二人は、卒業後もそのまま横河電機での勤務を続けました。姉は女子大卒業後、教職に就いたのちに、早稲田大学の国史科に進んでいましたので、私も他大学の社会学科へ進学する道も考えました。経済にふれ社会保障に関係するような分野を勉強したいと思っていたのです。ただ特に師事したい教授がいたわけではなく、また兄が早稲田大学を繰上卒業して召集され、海軍航空隊に配属されていましたから、それを思うとすぐに進学する気持ちになれませんでした。そのうちに資材が不足して仕事がなくなりましたので、翌年二月に横河電機を辞めました。なお、女子大での学びや勤労動員については、『戦時下の女子学生たち――東京女子大学に学んだ60人の体験[8]』の中で詳しく述べています。

敗戦までのこと

当時は女子にも徴用令が出ていましたから、横河電機の工場を辞めても家でぶらぶらしているわけにはいきません。自宅のあった小日向台町（↓三頁）地域の勤労作業に出ました。道路を拡げるために家屋を取り壊す手伝いです。はじめは瓦や建具を丁寧に外していましたが、そのうちそんな悠長なことはしていられなくなり、家の中はそのままにして柱に綱を掛けて引きつぶしてしまうような仕事になり、これは徴兵・徴用によって数少なくなっていた男手の出番でした。

わが家では、定年後の父は千葉の実家で暮らしており、母が東京に残って隣組長を務めていました。兄は召集され、姉と弟は学徒動員されていましたので、動けるのは私だけでした。三月一〇日の東京下町大空襲の後、わが家も建物疎開[9]の命令を受けて取り壊されることになったため、牛込の母の実家に引っ越しました。リヤカーを持っていたご近所のおじいさんの力を借り、私が後押しして台町の坂を上ったり下りたりして荷物を運びましたが、五月二五日の空襲で小日向台町はすべて焼かれてしまいました。移った先の牛込区二十騎町（現新宿区）の家は、左右数軒ずつとともに焼け残りましたので、弟が自転車で回って、元いた小日向台町のご近所の方をお連れして、わが家を急場の避難所に使っていただきました。

焼け跡でも水道の水は出ました。壊れた水道管から水が流れ出していましたが、水圧が低いためチョロチョロとしか漏水しなかったので、水浸しになるようなことはありません。焼け跡となったご近所に畑をつくり不断草（茎が赤く、ほうれん草に似た野菜で、厳寒期を除いて割合いつでも栽培できる）という菜っ葉を栽培して食用にしました。

建物疎開に対する移転補償はどうだったのか、国から国債のような形で補償金を渡されたのかどうか、よく覚えていませんが、いずれにしても敗戦後の急激なインフレや預金封鎖、新円切替などで無価値になりました。

聖路加女子専門学校

敗戦の翌年、一九四六年五月に聖路加女子専門学校（厚生科）に入学しました。女子大を卒業したときには他大学への進学も考えましたが、敗戦という状況を踏まえて、ナースを目指すという選択が現実的だったと思います。入試は課されず、願書と高等女学校の卒業証明書を提出しただけでした。戦争中の一時期、学校の名称を興健女子専門学校と変更していましたが、戦後はすぐに聖路加の名称に戻りました。ただ病院も、学校や宿舎もGHQ（占領軍総司令部）に接収されたため、中央保健所の建物を借りて授業をしていました。そして診療は、病院本館の向かいの小さな建物で行われていました。

　普通は女学校を卒業してすぐに入学しますから、女子大を卒業してから入学した私は、同級生たちより四、五歳年上でした。同校三年には東京女子大卒業生の里見英子さんが在学中で、野辺山のサナトリウムに実習に行かれていました。聖路加女専に入学してくる人たちには、医師の娘さんや、母親が聖路加女専の卒業生という人が比較的多かったのではないかと思います。家庭環境によりナースという仕事が身近だったでしょうし、経済的な余裕もあったはずです。敗戦直後はお金が不自由で、学費を払うのも大変でした。たとえ財産があったとしても、一人につき一月にいくらまでしか預金を引き出せないなど、さまざまな制約がありました。私は在学証明書を持って、わざわざ千葉県佐倉の銀行窓口まで行き、「辞書を購入するため」と理由をつけて、確か一〇〇円だったか、引き出した記憶があります。父の引き出せる通帳がある佐倉支店まで行ったのでしょう。

　六月を過ぎた頃でしたか、ＧＨＱの命令で渋谷の日本赤十字病院の寄宿舎に入って、日赤の看護学生といっしょに授業を受けることになりました。当時、日赤の看護学校には各県から一人ずつ給費生が派遣されていたと聞きました。卒業後は地元に帰って指導者になる責任が課されていたのでしょう。これは米国式の看護法を広めたいというＧＨＱの意図もあったと思います。ＧＨＱ公衆衛生福祉局初代看護課長のオルト少佐がたびたび来校していました。アメリカの看護史の授業を米軍のナースが英語で講義し、聖路加のナースが一区切りずつ日本語に訳す形で授業をしたこともありました。また、マニュアルを使って手順を過不足なく身につけるやり方を覚えました。「カルテ」ではなく「チャート」もしくは「シート」、「膿盆」ではなく「キドゥニー・ベイスン」という具合に、英語の名称に置き換えてもいました。医学については日赤の医師が、看護法は聖路加のナースが授業を担当し、普通科目では音楽や英語の授業もありました。

基礎的なベッドメイキングや、ベッドの上での身体の清拭から始まって、二学期からは一人ずつ各科外来、入院病棟などに配属され、一週間の実習がありました。手術室にも配属されましたが、私の役目は摘出されて膿盆に載せられた腎臓にカバーをかけて、組織検査室まで運ぶことくらいでした。産科で出産を見た人は「人生観が変わった」と話していました。私とコンビでベッドメイキングなどの実習をした人は、一九七四年に橋本寛敏院長が亡くなられた頃には、聖路加病院の病棟総婦長をされていました。

看護学校での礼拝

ある時期から朝食後に一〇分間、日赤の寄宿舎の講堂で礼拝が行われるようになりました。GHQの指導もあったと思います。前述したように聖路加女専の学生も日赤の寄宿舎に入っていましたから、日赤の学生とともに講堂で行われた朝の礼拝に出ました。強制ではありませんが、全員参加が原則でした。職業柄、患者さんの生と死に対面することが日常となりますので、ナースの素養として宗教的な体験が必要と考えられたのだと思います。学生とともに、婦長をはじめナースたちも出ていましたが、朝は夜勤との引き継ぎなどがあり、非常に忙しいので余裕がなかったと思います。ちなみに当時の日赤側の看護主任は井上なつゑさん（後に参議院議員、看護界の有力者）、聖路加女専側の看護主任は湯槇ますさん（後に東大医学部看護学科教授）でした。

礼拝では初めの頃、聖路加のナースや、クリスチャンの上級生が司会を務めていたと思います。クリスマスが近づく頃に私が司会に指名されました。私は東京女子大学でYWCAに属していたため心得がありました。聖公会の礼拝の仕方は他のプロテスタントとは少し違いますが、引き受けました。同級生には天春《あまがす》さんという、私より少し年長のYWCA出身の方もいました。また、クリスマス・イブには本館の大講堂――ここで戴帽式《たいぼうしき》などの式典も行われた――でクリスマス祝会を行いました。GHQのオルト少佐はじめ米軍のナースたちも出席していたと思います。このときは聖路加の竹田真二チャプレンの司式で、私たちは聖歌隊を務めました。

出会いと進路変更

こうして看護学を学び始めたのですが、一年生の二月には進路変更をすることになりました。その経緯はこんなことでした。

その頃、キリスト教医科連盟（略してキ医連）という医師、医学生、看護婦、看護学生の組織ができていました。私は入会していませんが、早稲田奉仕園で開かれたキ医連のクリスマス祝会に参加しました。恐らく里見さん（↓一七頁）が誘ってくださったのではないかと思います。その会で、福島の無医村に診療奉仕に行く計画があるという話を聞いて、私はちょうど学期末の冬休みになるので、この奉仕活動への参加に手を挙げたのです。そして年が明けてから慈恵医大の医師——たまたまこの方のご自宅は同じ町内のご近所でした——とともに、二泊三日の予定で出かけました。当時は鉄道もＧＨＱの管理下で本数が少なく、朝早く上野を出発して、水戸で水郡線——ＳＬで、列車内の通路にストーブが置かれていました——に乗り換え、磐城棚倉駅に着いたときには夜でした。そこから山道を登ること一里ほど（歩いて一時間半ほど）、川にかかる丸木橋を渡ってまた登ると、少し開けたところに出て、そこに三軒の小屋がありました。三軒は「堀川愛生園」と呼ばれていました。私たちはそこに泊まらせていただき、翌日は山を下りて、近くの村のお年寄りの診療を手伝いました。愛生園にいた保健婦さんも随行して、注射などの医療処置は彼女がしました。

戦時中、医師はほとんど召集されましたから、戦後もしばらくは医師のいない地域が多くあったのです。キ医連はその年の夏にも福島に医師を派遣しています。このときはもっと多くの医療者が参加して、愛生園には泊まらず、東白川郡鮫川村方面へ出向きました。器具も不足していて、虫垂炎の手術を安全カミソリの刃で行ったとか聞きました。その後、地元の医師が戻って来るにつれて、こうした奉仕活動は縮小されていったと思います。

またまったく偶然なのですが、その愛生園の一軒に女学校の同級生でともに東京女子大学に進学した谷愛子さんと、彼女のお兄さんが住みこんで、保母さんとともに子どもたちの世話や農作業をしていました。彼らは戦災で自宅を失い、敗戦後に牧師の紹介で入居したのではないかと思います。この頃の愛生園は子どもたちとともに、引揚者やお年寄りなども寄り合って住んでいました。「身寄りのない子どもを引き取って世話しよう」という目的はあったものの、組織としての形態はまだできていませんでした。愛子さんは東京女子大学の数学専攻部の予科（一年目）を病気退学していたのですが、その後、外国語科に入学し直しました。

さて、私は予定の二泊三日の後、もう一泊して帰京しました。冬休みが明けて看護学校へ戻りましたが、三学期の後半になって右手の人さし指の先が瘭疽《ひょうそ》になりました。ナースの心がけとして、水虫や虱と同じように、こうしたものにかかってはいけないのです。自分が清潔を保てないと、患者さんにうつす危険がありますから。そんな時に、愛子さんのお兄さんから結婚を申し込まれて、私は承諾することにしました。ラブ・ロマンスというより、むしろ就職のつもりで結婚しました。彼も同じ気持ちだったのではないかと思います。それで聖路加女子専門学校を退学し、堀川愛生園で働くことにしました。

前にも述べましたが、聖路加国際病院の橋本寛敏院長の奥様と私の母は女学校の友人でしたし、私は東女大の高等学部の授業で橋本先生の「予防医学」の講義を受けています。それで聖路加女専に入学する前にも、中退する折にもお宅に伺って奥様にご挨拶しました。中退後の三月末には、橋本先生のお計らいにより築地産院で出産の見学と、産後の処置・看護の実習をさせていただきました。「今日、お産があるから」という電話をいただいて出向き、別室で仮眠していると「お産が始まる」と起こされて出産を見学したのです。翌日は病室で産婦さんのお世話をしました。お産の実際を見ておくことが私自身のためも含めて、役に立つという配慮で便宜を図ってくださったのだと思います。ですから途中で退学するのはやはり申し訳なく思いました。

また福島へ行く前に、益富鶯子さん（→一三頁）を訪ねました。益富さんは愛恵学園でフィリピンから引き揚げてきた戦災孤児の養育に励んでいました。益富さんの呼びかけで、女子大の学生たちもボランティアに行ったようですし、聖路加女専の上級生の相澤郁子さんが個人的に手伝いに行っていて、彼女から施設の様子を聞いていました（聖路加の医師や、キ医連の人たちも愛恵学園へ足を運んでいます）。ですから孤児たちの施設で働くことは、堀川愛生園と出会う以前から、私の考えの中にあったのです。そして結婚後、一九四七年四月に堀川山《ほっかわやま》に入りました。

益富さんは物静かでいて、情熱的な方でした。その後一〇年近く経って、キリスト教の児童施設の会合などでときどきお会いしました。顔を合わせただけで特に話もしませんでしたが、お互いの苦労や喜びがそのまま通じ合う方として、いつも心強く思っていました。

結婚と洗礼

堀川愛生園はキリスト教バプテスト派の三崎町教会の尽力で創設された施設です。その関係で、夫は私と結婚する前年に洗礼を受けています。結婚式は三崎町教会で挙げました。私はまだ信徒ではなかったので、牧師さんにお会いしたのも結婚当日が初めてだったと思います。その日（一九四七年三月三〇日）はキリスト教でいう受難週の第一日の日曜日（一週間後がイースター）でしたから、「ああ、最初から受難だったんだな」と後になって言われました。

結婚後に愛生園へ行ってほどなく、私もバプテスト派の洗礼を受けました。バプテスト派教会の場合は、バプテスマ（浸礼＝全身で浸かる洗礼）ですので、洗礼を川で行うこともあります。私は愛生園の近くを流れる堀川で行いました。前述した丸木橋のかかる地点から少し下ると、ある程度川幅が広く、深さもそれなりにある深みがありますので、そこで川に入って、山北多喜彦牧師に支えていただきながら、仰向けの姿勢で全身が水に浸かるようにしました。目をつぶっていましたが、顔の上を水が流れていくのを感じました。

私としては、谷と結婚することがすなわち洗礼のように考えていましたから、正式に信仰告白をして洗礼を受けるまでもないだろう、という気持ちでいましたが、やはりそういうわけにはいかなかったわけです。私は子どもの頃から一九四五年まで、牧師さんのいない教会の日曜学校——近所の民家に独立教会の牧師夫婦が住んで伝道していましたが、彼らが別の地へ移ってからは無牧のまま、数家族で日曜礼拝や日曜学校を守っていました——に通っていましたので、厳格な聖書主義をとる教会や、聖書を詳細に読み込む宗風には、今でもあまり馴染めないところがあります。ですから、愛生園で働いていたときも、キリスト教精神は大切にしましたが、取り立てて教会活動をすることはありませんでした。

2　堀川愛生園の子どもたちと暮らす

堀川愛生園の子どもたち

堀川愛生園は、戦時中にキリスト教バプテスト派の三崎町教会が、福島県東白川郡棚倉町の篤志家、渡辺正雄氏から寄付された棚倉町堀川の山中の土地に、「孤児のための施設をつくろう」と考えて始められたものと聞きました。(1) 東京で戦災に遭った家族が移り住み、戦災孤児を引き取って育てようとしていたところで敗戦となりましたが、子どもを引き取って世話をすることは続けられたわけです。児童福祉法が公布されたのは一九四七年一二月、私が愛生園に入った年のことでした。

堀川愛生園で世話をしていた子どもたちは、必ずしも戦災孤児とは限りませんでした。当時は戦後のどさくさの中で社会全体が貧しかったこともあり、さまざまな事情があったのでしょう。いずれにしても親の庇護が得られず、公的機関に保護されて施設に連れて来られた子どもたちです。中には名前さえわからない子どももいて、施設で手続きをして戸籍をつくった例もありました。

私はここで一四年間働きましたが、その間に園を訪ねて来た親が一人だけいました。施設では中学校を出るまで養育します。施設から巣立った子どもの中には、東京で働いてから自分の本籍地へ帰って、立派に家や墓を建て直した人たちもいます。

家族ぐるみの生活

私が診療奉仕の手伝いで、最初に愛生園を訪れたときには、前述したように小屋が三軒と、山の上に草庵と呼ばれた一部屋だけの小屋がありました。私が谷と結婚して働き始めるにあたり、私たちの新居としてもう一軒が建てられていました。今風に言えば1LKもしくは2Kで、トイレ、風呂無しの小屋です。「K」すなわち台所は土間で、外にトイレ用の仮小屋がありました。住まいの床はカンナのかかっていない板敷きで、その上に荒ムシロ（薄縁《うすべり》でもゴザでもない）が敷いてあるだけ。私の父が厚手の麻の布地――醤油製造の工程で煮大豆を絞るのに使う――を柿渋で染めて継ぎ合わせ、敷物を作って送ってくれたので、これをカーペットのように敷きました。

堀川愛生園では当時、谷家の新居を含め四軒の家に分かれ、それぞれの家で子どもたちの世話をして生活していました。その頃は、職員たちの子どもも含めて二〇人ほど子どもたちがいました。わが家は他の三軒よりも山の上にありました（草庵はさらに上に位置しました）。〈写真1〉は一九四九年一二月、わが家の前で撮った写真です。夫が抱いている子どもが長男で、あとの四人は私たちが世話をしていた子どもたちです。

写真を見ると、愛生園がかなりの山奥にあったことがよくわかります。阿武隈山脈の尾

〈写真 1〉 1949 年 12 月、堀川山の上にあった愛生園のわが家の前で。夫が抱いているのが長男。他の 4 人はわが家で世話をしていた園児たち。

根に近い場所で、電気やガスはもちろん、水道も通っていません。飲み水は、山から滴り落ちる水を囲いをつくって溜めて汲んでいましたし、洗濯は山の中腹を流れる小川でしました。寒い所ですから、冬には洗濯物が乾く前に凍ってしまうこともありました。風呂を沸かすのもその小川の水を使いました。小川の傍らに風呂桶と洗い場を備えた小屋を建て、薪でお湯をわかしていました。小屋には電灯がなかったので、昼間、各家ごとに日を決めて入りました。週に二度くらいだったと思います。

〈写真2〉も一九四九年のものです。写っている小屋は山の中腹に位置します。ここに並んでいる子どもたちは小学校低学年で、山を下って丸木橋を渡り、石川郡浅川町の大草分教場（男の先生が一人で教えていた）に通っていました。五年生からは東白川郡棚倉町の本校に行くことになっていましたので、そうなると片道一時間以上歩いて本校まで通いました。また山の上の谷家の並びには小さな鐘があり（写真3）、毎朝六時半でしたか、水郡線の蒸気機関車の音が聞こえるのを頼りに鳴らして、園全体に時を知らせていました。

メディアの取材を受ける

〈写真3〉は、一九五〇年四月に、新聞の取材の際に撮られたものでしょう。後列の向かって左端で子どもを抱いているのが私、隣りの男性が谷、その右側に二人の保母さんが写っています。

一九五〇年一一月には、『中央公論』の企画で、東京大学仏文科の渡辺一夫先生と市原豊太先生が泊まりがけで取材に来られました。中央公論社の嶋中鵬二社長は附小の同窓生で、私より二年上級（鶴見俊輔さんと同級生）、夫人の雅子さんは東京女子大学高等学部の同級生です。そんな関係もあり、お二人は私たちの活動を応援してくださっていました。夕食の後、谷家に集まって、渡辺先生がラブレーの艶話などをなさって保母さんたちを笑

〈写真 2〉1949 年、堀川山の中腹に位置する愛生園の家。写っているのは皆、小学校低学年の園児たち。

〈写真 3〉1950 年 4 月、新聞取材により谷家の傍らで撮られた写真。後列左端が私、中央が夫、その右 2 人は保母さん。右手前に時刻を知らせる小さな鐘が吊してある。

わせたり、讃美歌をコーラスで歌ったり。灯油ランプの火屋《ほや》を囲んで楽しいひと時でした。先生方はその夜、谷家よりさらに山を登ったところに建つ、私たちが草庵と呼んでいた小屋に、中央公論社の社員と三人で泊まりました。このときの記事は、翌年二月号の『中央公論』に載りました。

それから後述するように、私たちは一九五〇年一二月以降、もう少し便のよい所へ引っ越したのですが、その第一陣の引越の日にもカメラマンが取材に来ていました。

また、母の同級生の神近市子さん（女子英学塾、現津田塾大学の第一一回卒業生）は、タブロイド判の女性新聞に「都会から山の奥に行って痩せ馬に乗って働いている」と、愛生園の活動を紹介してくださったそうです。「痩せ馬に乗って」というのは、母の話を勘違いしたもので、「痩せ馬」というのは背負い梯子のこと。重い荷物をくくり付けて背負う梯子状の農具で、東北ではこの背負い梯子のことを「痩せ馬」と呼ぶのです。それはそれとして、私たちの活動を応援するつもりで記事にしてくださったので、そのお気持ちを嬉しく思いました。

山奥から町への移住

山奥での生活はやはり不便でした。子どもたちの通学の事情も考えて、堀川山の土地を

〈写真4〉 1950年6月19日、園舎を建てるために寄付していただいた棚倉町丸内の敷地で。左端がアメリカのバプテスト教団の宣教師ヒンチマン氏夫妻。その隣りが夫、一人おいて右端が私の母。

東北パルプ株式会社に売り、バプテスト派教団関係からの献金と、友人、知人、縁者、そして大学関係の先生方からも寄付をいただいて、棚倉町丸内に引っ越すことにしました。引っ越し先の敷地は、棚倉町の篤志家の坂田氏――山中の土地を提供してくださった方とは別の方です――が農地を寄付してくださいました。一九五〇年五月にはすでに新たな園舎を建てる敷地も決まっていて、現地（寄付していただいた農地）で教団の方といっしょに撮った写真が残っています。

〈写真4〉がそれで、同年六月一九日に撮影したものです。アメ

〈写真 5〉 同日、棚倉町堀川の愛生園の一軒の前で。後列左から 3 番目が夫、その隣りで子どもを抱いているのが私、隣りが母、さらに右 3 人が保母さんで、その後ろがヒンチマン氏夫妻。

リカのバプテスト教団の宣教師ヒンチマン氏と夫人が訪れています。夫妻の隣が谷で、その右は設計関係の人かもしれません。私の母も写っています。〈写真5〉は同日、堀川山の一軒の前で、子どもたちや保母さんもいっしょに撮ったものです。

この頃すでに、丸内での仮住まいのための家（後の谷家）と、新築する家屋三軒の住宅金融公庫のローン申し込みなどの金策や、三軒以外にもチャペル風本館と事務棟の設計が進められていました。同年一一月の『中央公論』の取材も、この移転計画を応援してくださって企画されたものだったと思います。

そして一九五〇年一二月一〇日、五年生の園児三人と私たち夫婦、長男、長女、保母さん一人が先発隊として、丸内の仮住まいの家へ引っ越しました。取りあえず入ったその家は、近在の古い宿屋の建物を移築したもので、大きい部屋と小さい部屋、それに台所があるだけで、風呂とトイレはほんの差し掛け（家の壁面に屋根を取り付けてつくる簡易な部屋）程度のものです。山に残ったのは、台湾から幼児二人を連れて引き揚げてきた渡辺福子さん、中国東北部（旧満洲）から小学生の娘と幼児二人を連れて引き揚げてきた藤田玉子さんという保母さんで、両人とも引き揚げ前に現地で召集された夫の戦死を、後に知りました。ともにバプテスト派教会の教会員です。町へ引っ越して来るまでの間、山の中で残りの子どもたちを守って世話をしました。

新しい園舎

その間に町では住宅金融公庫から、一軒につき一五万円を借りて、翌年三月までに一五坪の家を三軒新築し、谷家が入った家にも子ども部屋と広間などを建て増ししました。準備が整うと山に残っていた人たちも越して来て、また四軒に分かれて生活するようになり、四月から小学生は全員が本校に通学することになりました。

〈写真6〉 1951年頃。棚倉町丸内に移転後、園庭の滑り台で子どもたちを遊ばせている私。右は新築した園舎。

〈写真6〉に見えるのが新築した三軒のうちの一軒です。手前の園庭をはさんでもう二軒の新築の家が、窓側を向かい合わせにして建っています。平屋の家ですが、写真を見ると二階建てのように見えます。この窓は子ども部屋のもので、子ども部屋はロフト形式で上下二段になっていたのです。短い梯子で上り下りしていました。下段は大人が座って頭がぶつからない程度の高さで、幼児なら遊ぶことができました。上段には落下防止用の低い手すりがありますが、幼児にはたいてい下段を割り当てました。正確なものではありませんが、思い出して家の間取りを描いてみました（図1）。

家の中には二畳の子ども部屋（二人

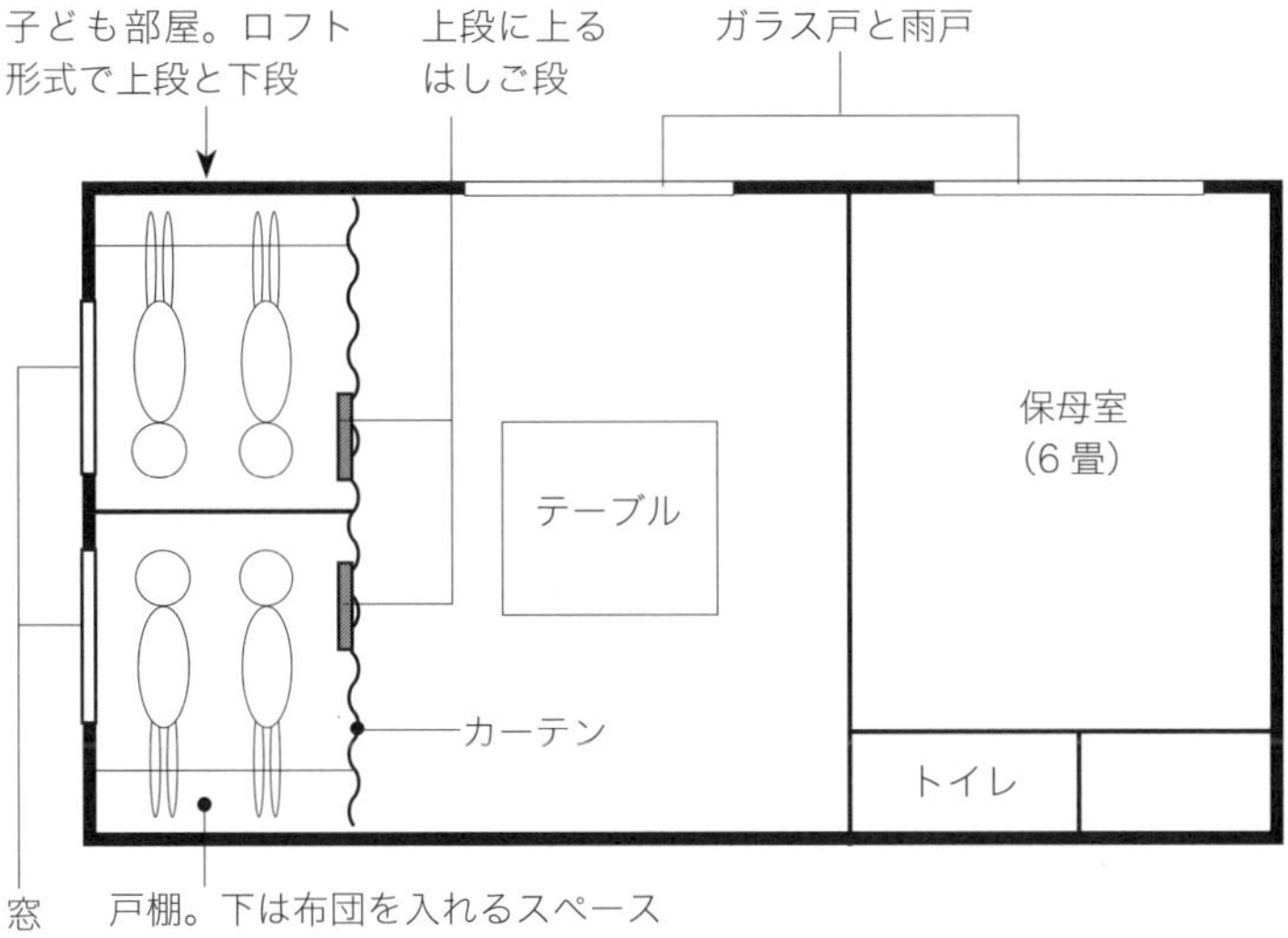

〈図1〉 写真6に写っている園舎の間取りの概略図。

で使用）が、上段と下段に二部屋ずつ、四部屋ありました。部屋には一人に一つの戸棚があり、戸棚の下は布団を入れるスペースになっていて、そのスペースも含めて布団を敷き、そこに足を入れる形で寝ることになります。工夫を凝らして狭い空間を有効に利用していたのです。家の中央は広間になっていたのでテーブルを置き、冬にはこのテーブルに大きな毛布をかけて、練炭火鉢の切りコタツにしていました。広間と子ども部屋との間は部屋ごとに、四枚のえんじ色の手作りのカーテンで仕切り、保母さんの部屋は広間の隣りです。また園庭には滑り台や鉄棒などの遊具を設置しています。〈写真6〉の滑り台の前で子どもを抱いているのが私です。抱かれているのは長女（一歳）。そばに立っている帽子をかぶった子どもは長男（三歳）です。

この他に本館と事務棟を新築しました。遅くとも四月の時点で事務棟は完成していたはずです。というのは、四軒の家には炊事場と風呂場をつくらず、事務棟にまとめてつくって、炊事や入浴はみな事務棟ですることにしていたため、事務棟ができていないと生活ができません。炊事は二人ずつ交代で当番をしました。プロパンガスが普及する前の時代ですから、かまどは薪です。焚き付けに使う杉っ葉取りは、男の子たちの仕事でした。裏山へ行って枯れた杉の葉を集めて来ます。食事は事務棟の食堂で、全員が集まっていただきました。食堂のテーブルは真四角で二つずつつなげると一二人掛けとなり、四軒の家ごとに食卓を囲みました。お客様がいらしたときにも、この食堂でみんなと同じ食事をお出しして一緒にいただきました。『週刊朝日』の取材で訪れた評論家の犬養道子さん、『文藝春秋』の取材でいらした小説家の椎名麟三さんも、この食堂にお迎えしています。

若い保母の深田信子さんがご自分の小さなオルガンを寄付してくださったので、食堂に置いて、みんなで歌うことができました。オルガンを囲んで歌うことは日常的によくありました。讃美歌も歌いましたし、他にもいろいろ歌います。保母さんたちは、私を除いて皆さんオルガンを弾くことができました（後には福島保母学院の卒業生も着任しましたので）。余談ですが、信子さんの母上は、私の母が県立宇都宮高女で教えていたときの生徒さんで、津田塾を出られ、牧師の資格も持たれています。信子さんはその後、愛生園を退職して牧師夫人になりました。夫の高橋昭二牧師が昇天された後は、三崎町教会のクリスマス・イブ礼拝に出席していました。彼女から案内状をいただいて、私も毎年出席し、少しおしゃべりをしてから別れました。七〇年近い長いお付き合いでした。

翌一九五二年には本館も含めて、園舎がすべて完成しました。事務棟には園長事務室、客間（六畳敷、押入付）、図書室、食堂が南北に続き、その北側から西へ向かって鉤型に倉庫、炊事室、風呂場、小部屋が並ぶつくりです。この事務棟から少し離れて白いチャペル風の本館が建ちました。本館の二階に小さい祈祷室があり、一階の一部分は治療室（薬品や包帯などが置いてある）、その西側に雨天体操場風の広間が開けています。広間の正面には演壇もありました。ここは幼稚科のお遊戯の場所となり、クリスマス祝会などには、愛生園の理事さんたちを迎え、劇などをして、賑やかな会食の場になりました。この建物の設計は、谷の友人でもある前川國男設計事務所の鬼頭梓さんが奉仕してくださったと聞いています。

社会福祉事業法の公布と戦災孤児の実状

一九五一年三月に社会福祉事業法（二〇〇〇年に社会福祉法と改題）が公布されることに

なり、同年二月と三月に社会福祉主事資格認定講習会が、東京の研修所に泊まり込みで開かれました。各県から二、三名ずつ、当時はまだ日本に返還されていなかった沖縄からの参加もありました。私も上京して、生後八カ月の長女を実家の母に預け、研修所に通いました。園に残してきた長男は二歳半で、よくウンチをもらすのを、深田信子さんが世話してくださいました。

この講習の一環で、養護施設の見学があって、鎌倉の教会が家族で運営している養護施設や、山下清さんの才能を開花させた八幡学園（一九二八年創設の知的障害児養護施設）など、いくつかの施設を見学しました。石神井学園（東京都が運営する児童養護施設。創設は一九〇九年と古い）にも行きましたが、ここでは学校の校舎のような建物に、男子児童がかなり大勢収容されていました。敗戦直後には、空襲や徴兵、引き揚げにより親を失った戦災孤児たちが路上にあふれ、餓死や病死をした子どもたちも数知れずいたのです。そうした子どもたちを世間は「浮浪児」と呼び、彼らをつかまえて施設に収容しましたが、その乱暴な扱いゆえに「浮浪児狩り」とも呼ばれました。敗戦から六年、そうして保護された子どもたちが施設等で成長していた時期でした。

その後（一九五三年）、堀川愛生園は社会福祉法人となり、理事長には渡辺正雄氏――開園当初、山中の土地を寄付してくださいました――が就任し、三崎町教会の山北多喜彦牧師や、棚倉町花園の長久寺住職の菅原瑞光師などが理事を引き受けてくださいました。

キリスト教に基づく生活

愛生園は三崎町教会の尽力により設立されましたので、キリスト教精神に基づいて生活していましたが、日常的には食事の前にごく短い感謝の祈りをしたことと、イースターに食紅などで色を付けたゆで卵を――パラフィン紙で包んで復活祭の意味づけをして――子どもたちに配るという程度のことでした。クリスマス・イブには、料理の見た目を豪華にするように工夫しました。バニラエッセンスやシナモンなどの香料は地方では入手できなかったので、東京で食材を調達。献立のメインはスコッチ・エッグ風のコロッケ、オードブルは四角いソーセージでつくった風車（四角いソーセージを風車の羽に、グリンピースを要に見立てて、爪楊枝で留める）と、うさぎリンゴ。デザートは脱脂粉乳と寒天でつくったプディング。それからパン（どこで買ったのか覚えていないのですが、当時、棚倉町にパン屋はありませんでした）。お客様にはメインディッシュとオードブルを日陶の花模様の洋皿に盛り付けましたが、子どもたちと職員は普段使いのアルマイトの皿です。プディングは小皿に、スプーンを添えて。

また、クリスマス・イブの夜中には、サンタが子どもたち一人一人、そして保母さんたちにもプレゼントを配ります。プレゼントの買い出しは品物の選定も含めて、私一人が引

〈写真7〉 1959年12月24日、園児のために用意したクリスマスプレゼント。

き受けていました。東京のデパートで、全員に違うものを選びます。予算は一人一〇〇円程度（今の物価に換算すると一〇〇〇円程度）で、女の子（人数が少なかった）にはセーターや手袋など。小さい子どもには大きな箱に入ったおもちゃなど。

誰に何をプレゼントしたかは、毎年記録しておきます。デパートで購入すると、サービスで包装してリボンをかけてくれますから、包装のバラエティを考えていくつものデパートを利用しました。買いそろえたプレゼントには、それぞれに宛てたクリスマスカードを付けて、二階の祈祷室に並べて準備しておきます。〈写真7〉は一九五九年のクリスマス・イブに用意したプレゼントです。なお、クリスマスカードはアメリカの教会から使用済みのものを寄付していただきましたから、不自由しませんでした。使用済みですからメッセージが記入されているものもありましたが、いずれも英語で書かれていましたから、子どもたちにとっては図案と同じようなもので、ほとんど気になりません。

丸内で何年か過ぎた頃に、アメリカ人女性――宣教師だったのでしょうか――が、お子さんを連れて泊まられたことがありました。また東京大学の飯塚浩二先生は、小学生の娘さんといらして泊まられました。娘さんが園の女の子たちと仲よく遊んでいた様子を思い出します。

海水浴

一九四九年頃――まだ堀川山にいた頃――のことだったと思いますが、当時、谷の姉夫婦が葉山に住んでいて、そこへ泊まりがけで海水浴へ行ったことがありました。園の子どもたちと付き添いの保母さんも含めて一〇人ほどで出かけて、福島から東京へ出るとまず東京の私の実家に一泊して、それから葉山へ向かいました。谷の姉夫婦の家は、庭の前がすぐに海岸という場所にありましたので、海水浴にはもってこいだったのです（私自身はその日、海水浴には行かずに留守番を引き受けましたが）。

棚倉町丸内に引っ越してからは、夏休みには日帰りで茨城県阿字ヶ浦の海岸に海水浴に行くことがありました。日常的には近くの久慈川に注ぐ小川で水浴びをしたり、近くの山本不動尊のお堂に泊まらせていただいて境内で水遊びをしたりしました。

東京女子大学のＹＷＣＡ奉仕グループ

東京女子大学には、大学が受けたララ物資の一部を送っていただいたり、また精神的にも支えになっていただいていました。私が在学した当時学長だった石原謙先生[2]は、私どもの結婚式にも出席してくださいましたし、他の先生方も私どもの活動を応援したいと思ってくださると感じていました。

一九五三年には、同学の学生ＹＷＣＡの呼びかけによる「奉仕グループ」活動の一環で、三人の学生が愛生園にボランティアに来てくださいました。そのうちの一人、髙月三世子さんは、奉仕グループの活動が終了した後も、在学中は休暇ごとに訪れました。また、東京に就職した卒園生を自宅に招いてくださったと聞きました。前述（↓六頁）の花崎三千子さんも、このときに奉仕グループの活動で訪れた学生の一人です。彼女は女子大卒業後、棚倉町の中学校の教員として赴任しました。谷家より少し上にある粗末な小屋を宿舎として二年間勤務して、結婚のため帰京しました。その間、愛生園の皆と食事をともにして、園の仕事を手伝ってもくださいました。

余談ですが、その花崎さんが住んだ小屋で、私は一九五二年に第三子の次女を出産しています。園の門のところに小さい男の子たちが待ちかまえていて、学校から帰って来た子どもたちに「アカンボ生まれたゾー」と教えていたそうです。

五軒で定員四〇人体制に

一九五六年に、お年玉付き年賀はがきの寄付金五〇万円をいただいたので、さらに一軒を新築しました。〈写真8〉はその家の建築中の写真です。中央に梯子段が見えているのが子ども部屋。子ども部屋の構造は三七頁の図と同じで、上段と下段に二人部屋が二室ずつ、全部で四室あって、この部分だけが二階です。そして向かって左側はトイレと保母室、右側はテーブル（冬は炬燵にする）を置いた居間になっていました。

この新築の家を含めて園の宿舎は五軒となり、一軒に八名の子どもを預かって定員四〇名。保母さん役の職員も六～七名に増員して、少し余裕ができました。それでも二四時間、三六五日、公休なしでしたから、公用・私用で外出・外泊するときは、他の保母さんが代わり合って世話をしました。

また年長の子どもはよく年少者の面倒を見てくれていました。私の子どもも園の子どもたちといっしょです。寝るときだけは別でしたが、食事などは共にしていましたし、私も特別扱いはしませんでした。三人とも園の中で生まれたのですから、彼らが幼いうちは園の子どもたちにいろいろ面倒を見てもらいました。また彼らも成長すると、自分より小さい子どもの面倒をみましたから、そうしたことは将来の役に立ったかもしれません。赤ちゃんの世話が好きな女の子などは、うっかりするとオムツまで替えてくれるのです。男の子でも「泣いてるよーォ」と教えに来てくれましたし、こうした何の見返りも期待せずに相手のためになろうとする優しい心が、園の生活の中で自然に育ったことは、学校の勉強とはまた別の価値があると思います。

〈写真9〉は一九五七、八年頃、文藝春秋社が主催する文化講座の一行が、この年は東北地方を講演して回っていたのですが、次の講演場所へ移動する途中で、愛生園に立ち寄ってくださったときに、本館前で撮影したものです。後ろの列の向かって左から二人目が谷、その右が私、谷の友人の文春社員、池島信平編集長、作家の吉屋信子氏、そして谷の友人の前に座るベレー帽の男性が椎名麟三氏です。子どもたちは、たまたま居合わせた子たちで、全員ではありません。居合わせた保母さんたちも入っています。この頃の保母さんは全員が地元の棚倉高校卒業生か、福島保母学院の卒業生です。東京から来ていた保母さんたちは、すでに皆さん退職しました。

〈写真 8〉 1956 年、お年玉付き年賀はがきの寄付金 50 万円をいただいて、新築中の園舎。

〈写真 9〉 1957、8 年頃、文藝春秋社主催の文化講座の一行が講演場所を移動する途中、愛生園を訪れた折、たまたま居合わせた園の職員と子どもたちとともに。後列左から 3 番目が私、その右 3 人目が作家の吉屋信子氏、座ってベレー帽を被っているのが椎名麟三氏。

両親の理解や周囲の善意に支えられ

母は、私のお産の際には三回とも来訪して助けてくれました。第一子（長男）のときには、父の計らいで棚倉町の医師の邸内にあった馬方さん（昔、往診の時に医師が乗った）の小屋を借りて、そこに宿泊してお産の前から滞在しました。第二子（長女）のときは出産後に堀川山を訪れて二〇日間いました。昔は産後二〇日間は家事をしてはいけないと言われていたのです。第三子（次女）のときはすでに丸内に引っ越していましたが、やはり出産後に来て滞在しています。

母には社会事業をしている友人が何人もいましたから、私の仕事についても自然に受け止めて、できる範囲で協力してくれました。例えば当時、福島の中学校の修学旅行はたいてい東京へ行きました。上野の旅館に宿泊すると、東京に住む親戚が面会に来たり、連れ出したりしてもらえる生徒が多かったのです。愛生園の子どもたちにはそういう親戚はいませんから、母が事前に「今年は何人？」と聞いてきて、人数分のお菓子を用意して旅館を訪ね、親戚の代わりに愛生園の子どもたちに面会してくれました。ですから当時の子どもたちはみんな、私の母のことを知っています。

余談ですが、戦後一九五〇年頃から墨田区の言問橋付近（現在は隅田公園の一角）に「蟻

〈写真 10〉1960 年 5 月、青い空に白いチャペル（背後の建物）と鯉のぼり。鯉のぼりは兄が譲ってくれたもの。

の会」という廃品業者の生活共同体があり、「蟻の町（街）」と呼ばれていました（一九六〇年に東京都が代替地として江東区深川の埋め立て地、現在の潮見を斡旋し、移転）。母は、蟻の町に小学校の教え子――母は津田塾を卒業後、栃木県立宇都宮高等女学校の教員となり、その後、結婚するまで私立小学校（成城学園や森村学園の小学部）で英語を教えていました――が関わっていることを知り、彼を訪ねて行ったそうです。そこで廃品業の親父さんと仲良くなりましたし、「蟻の町の神父」と呼ばれて慕われていた、ポーランド出身のカトリック教会修道士ゼノ・ゼブロフスキーさんとも親しくなり、その後も長くおつきあいしていました（母はクリスチャンではありませんが）。後に新宿の画廊で、ゼノさんが手捻りの作陶展を催されたときには、素朴な趣のある湯飲みをいただきました。またここで献身的に奉仕して「蟻の町のマリア」と称された北原怜子さんにもお会いしています。さらに余談ですが、夫の友人の粕谷甲一神父は、移転の少し前（一九五九年）から蟻の町教会に行かれています。粕谷神父は敗戦直後の一九四六年頃、堀川愛生園を訪問されたそうです。その頃はまだ神父になられる前で、会社に勤務されていました。

＊

父の態度も母と同様でした。前述したように、父は東京モスリンに勤めていましたから、従業員たちの労働運動に関わりをもっていて、労働団体の人たちとも交流があったようです。ですから私の仕事にも理解を示し、頼めば中古の自転車やミシンを送ってくれましたし、故郷の醤油やさつまいもを、毎年届けてくれました。一九五五年頃、兄とともに訪れて愛生園の客間に一泊したことがありました。

父の勤務先だった東京モスリン（現大東紡織株式会社）からは、生産の残りのウールで織られた毛布が一〇枚以上も送られてきました。純毛のカラフルな毛布で、まだ堀川山で暮らしていた一九四九年頃のことです。当時の布製品はたいていスフと呼ばれる安価な人工繊維との混紡でしたから、純毛の毛布は高級品でした。父が愛生園のことを社の友人に宣伝したのでしょう。私たち夫婦の友人は皆二十代でしたから、まだ若くて経済力がありません。それで経済力のある人たちに私たちの活動を広めてくれたのだと思います。大手企業の社長さん——亡くなられてから、新聞の訃報欄の記事を見てそうと知ったのですが——にも毎年高額の援助をいただきました。

また長男が誕生して三カ月ほど経った頃、私の弟が訪れて長男の写真を撮ってくれたので、その写真を同封して、安倍能成《よししげ》先生に長男誕生のご報告をしました。すると安倍先生から過分の出産祝いをいただきました。安倍先生とはいろいろとご縁があったのです。母は津田塾に在学中、安倍先生に哲学を習いましたし、谷が一高に在学したときには安倍先生が校長でした。谷の活動を知って、一九四六年に堀川山の愛生園を訪れて、草庵に泊まられたそうです。翌年三月の私どもの結婚式にもご出席くださいました。先生はその年の四月から学習院院長になられて目白の官舎にお住まいでしたので、式の後、二人でお礼に伺いました。

その他、私が女学校で二年間数学を教えていただいた川上貞子先生は、ご自身も育ち盛りのお子さんが三人いらっしゃるのに、石油の一斗缶（一八リットル余り入る）の空缶にいっぱいお菓子を詰めて、毎年送ってくださいました。本館ができたときには、私の従兄がヤマハのストップ付きオルガンを寄付してくれました。また私の退職後のことですが、中学を終えてさらに高校への進学を希望した三名の園生に対して、翻訳家の中村妙子さんがご親戚の方と三人で、彼らの学資を負担してくださったそうです。

私たちの活動はこのように、周りのさまざまな方々に支えられていました。そして地元のご理解がなければ成り立ちませんでした。地域の皆さんのご助力には今でも感謝しています。

退職と帰京、卒園生との関わり

一九六一年に長男が小学校を卒業したのを機に、私は子どもたちを連れて東京へ戻りました。退職して上京したわけですが、施設を卒園した子どもたちが東京で就職していましたから、仕事を離れてもいろいろと関わりはありました。当時、施設で預かっている子どもたちに対して、措置費が支給されるのは中学三年生まででしたから、中学を卒業すると就職します。たいていは中学校の先生が、会社からの求人を受けて斡旋していましたが、その就職先は東京が多かったのです。

例えばある女の子の場合、東京の大きな工場に就職しましたが、その寄宿舎では一人の占有スペースが一畳分ほどで、自分の布団を置く以外、ほとんど私物を置けない状態でした。それで「工場を辞めたい」と相談に来たのです。ちょうど私の女学校の同級生――夫婦ともに国立病院の医師でした――が住み込みのお手伝いさんを探していたので、そこに紹介しました。その女の子は気の利くタイプではないけれど、素直でまじめな性格だった

〈写真 11〉1976 年 5 月 30 日、堀川愛生園同園会。東京都中野区にて。

ので、私としても心配なくお預けしたのです。不足な点は多かったと思いますが、実際よく働いたのでしょう。その家で結婚の支度までしていただき、無事に家庭をもちました。その後、自分の娘の結婚式に、医師夫婦と私たち夫婦を招待してくれました。東京のホテルで催した立派な結婚式でした。

一九九二年五月には卒園生の企てで、「堀川愛生園同園会」が上野の精養軒で開かれました。私たち夫婦、そして吉岡淳・順子夫妻——東京都狛江市のお宅に一部屋増築して、卒園生たちのたまり場として長い間提供してくださっていました——も招待されましたし、保母さんたちも含めて五〇名も集まり、大変盛会でした。そのときに卒園生たちから花束と、「卒園生一同」と彫り込んだ万年筆をいただきました。

つい最近（二〇一八年一〇月）のことですが、愛生園の卒園生で、アメリカに渡って五〇年以上になる女性（一九四四年生まれ）が一時帰国しました。彼女は元保母さんの家に泊まって二週間滞在しましたので、私と娘は上野で久し振りの再会をして、いっしょに讃岐うどんを食べました。彼女は、花崎三千子さん（↓四四頁）が棚倉町の中学校に赴任していたときにちょうど在学して英語を習ったそうで、花崎さんとも会ったということでした。

サブちゃんのこと

一九七五年四月一日、「たみこセンセー、これ、エイプリル・フールじゃないぞェ」という電話がかかってきました。サブちゃんが入院したという卒園生からの知らせです（↓二九頁の写真。前列左端、私の前に立っているのがサブちゃん）。蒲田の工場で働いていて、急に下血したため、近くに住んでいた園出身の友人たちが面倒を見てくれていたのです。サブちゃんは愛生園に入園してきたときに身元不明だったため、誕生日を五月五日として新たに戸籍をつくった子でした。私はすぐに京浜急行の雑色《ぞうしき》駅近くの病院に彼を見舞いました。本人は元気そうに見えましたが、みんなは心配していました。まだ独身で、交際相手もいないらしいとのこと。それで川崎市内に住んでいた私の次女が、ちょうど第一子の出産が近い身重な体でしたが、通いで洗濯物を引き受けてくれました。サブちゃんは谷家で暮らしましたから、うちの子どもたちはサブちゃんといっしょに育ったのです。

その後、サブちゃんが癌と診断されて築地がんセンターに移るときも、卒園生の仲間が何から何まで世話をして、私は病院の支払など事務的なことを引き受けました。がんセンターで開腹手術を受けましたが、すでに手遅れだったため、医師に呼ばれて「ここにずっと居ると亡くなる人たちばかりだから、退院してもいいですよ」と告げられました。そこで私は、当時、北海道家庭学校（今の児童自立支援施設）の校長をしていた谷や、家庭学校の職員になっている卒園生たちに、サブちゃんを頼むと手紙を書いたのです。皆、親身に引き受けてくれましたし、前述の吉岡淳さんが家庭学校のある北海道遠軽町まで付き添ってくださいました。サブちゃんは卒園生の仲間たちに甘えて「にぎり寿司の特上が食べたい」などとわがままも言ったようです。短い生涯でしたが、翌年四月九日に亡くなるまでよくしてもらいました。

北海道での葬儀に、私は行くことができず、長女が空路駆けつけました。東京から他の卒園生たちも参列していたそうです。遺骨は愛生園の近くにある長久寺の墓地に納めました。私はサブちゃんの命日にはお布施を送っていましたし、他の人たちも折にふれ墓参りをしてくださいました。二〇〇二年三月に二七回忌を、二〇〇八年四月に三三回忌を済ませました。いずれも一〇人以上が集まり、法事の後にはかつて北海道家庭学校の職員として働いた卒園生の家で、昔の写真を見ながら会食をしました。

卒園生のための宿泊棟

一九六一年二月に、幼い頃から通っていた小日向台町の礫川《れきせん》教会の日曜学校の友人の鈴木衣子さん（東女大卒）が、お祖父様の遺産六〇万円（初任給を比較して貨幣価値を換算すると、当時は現在の一六倍以上と聞きますので、現在なら一〇〇〇万円ほどに相当するでしょう）を愛生園に寄付してくださいました。お祖父様の波多野さんも礫川教会の近所にお住まいで、毎年クリスマス礼拝の終わりに祝祷をしてくださった方です。衣子さんは「靴下でも足袋でも、必要なものに使って」と言いましたが、私がそのとき最も欲しいと思っていたのは、卒園生が正月休みなどに園に戻って何日か過ごせるような別棟でした。成人前の卒園生が、中学校を卒業するまでの子ども時代を過ごした懐かしい園に里帰りして、園児たちとは別にゆっくり過ごすスペースがあればと思ったのです。私自身は間もなく園を辞め、子どもたちを連れて東京へ戻りましたが、私の願い通り、立派な宿泊用の建物ができたそうです。

3 戦争責任を考える、市民運動に関わる

戦争責任を考えるきっかけとなった二冊の本

敗戦直後は巷に戦災孤児がたむろし、多くの人たちが傷つき疲弊していました。ですから戦後しばらくは、こうした状況に対応して「戦争の後始末をする」という意識が強く、アジアに対する日本の戦争責任ということは、あまり視野に入っていませんでした。世の中が落ち着いてきて、そうしたことを考えるきっかけになった二冊の本があります。一冊は『海の沈黙』（ヴェルコール著、河野與一訳、岩波書店、一九五一年）、もう一冊は『白薔薇は散らず』（インゲ・ショル著、内垣啓一訳、未来社、一九五五年）です。どちらも新聞で本の広告を見て、上京した折に本屋で購入しました。ですから第一刷で、今も身近に置いています。愛生園での仕事は炊事、洗濯、子どもたちの世話など、家事が中心でしたし、テレビもなく他に刺激もないので、忙しい毎日とはいえ合間に本を読む余裕はありました。

『海の沈黙』（同じ作者の「星への歩み」も収載されています）から学んだことは、戦争中に庶民が示したレジスタンス（抵抗）です。ドイツの占領下にあったフランスで、自宅の二階をドイツ軍将校に提供させられた叔父と姪は、それを拒むことはできなかったが、その将校が交流を求めても決して応じず、固く口を閉ざして沈黙を貫きました。ことに姪（若いフランス人女性）は、ドイツ軍は憎んでも、二階に同宿した心優しいドイツ軍人に対しては心を動かされることはあったのです。しかし、どちらも立場と節度を守り通した点に感銘を受けました。

『白薔薇は散らず』は、ナチスへの抵抗運動をした学生組織「白バラ」を主導して、ゲシュタポに逮捕され処刑された兄妹の記録です。まさしくレジスタンスそのもので、その一九五五年版を読んでいた私としては、六〇年安保反対のデモに参加しないわけにはいきませんでした。この作品は、二〇〇五年になってマルク・ローテムント監督により映画化され、日本でも公開されました（邦題『白バラの祈り　ゾフィー・ショル、最期の日々』）。映画では、刑場に向かう最後のときに、白い衿がむしり取られるという演出が心に残ります。なお、この本はその後一九六四年に補筆され、『白バラは散らず――ドイツの良心ショル兄妹』として出版されています。私は二〇〇〇年第四三刷発行の『白バラは散らず』も持っています。訳者が巻末に「思いだすこと」という文章を載せています。

六〇年安保反対のデモに参加

六〇年安保のときは、五月三日に行われたキリスト教関係者のデモに、福島から上京して参加しました。憲法記念日でもあったこの日、キリスト教関係の有名な方々も参加していたのを印象深く覚えています。まず芝公会堂（当時、港区の日本赤十字社の隣りにあった）に集合して、それから国会議事堂へデモ行進をしました。福島の農村にまで「デモへ行く人はソ連からお金をもらっているのだ」などと陰口を言う人たちがいて、「とんでもない。自分のお金を使って行くのだ」と憤慨したものでした。

中央公論社社長宅襲撃事件

翌一九六一年二月、世間に衝撃を与えた中央公論社社長宅襲撃事件が起きました。『中央公論』に掲載された深沢七郎の「風流夢譚」という小説に、皇太子と皇太子妃が斬首されたり、昭憲皇太后が面罵されたりする描写があったことから、右翼団体が不敬であるとしてこれを咎め、大日本愛国党に所属していた一七歳の少年が、刃物を持って嶋中社長宅を襲った事件です。

このとき社長は不在で妻の雅子さんが刺され、彼女を助けようとしたお手伝いの丸山さんは刺殺されてしまいました。雅子さんも腕などを刺されて重症でした。彼女自身が、「これは助からないかも」という救急隊員の言葉を聞いたそうです。よほど傷が深かったのでしょう。しかし幸い助かりました。雅子さんは東京女子大学の同級生ですから、私もとても心配でした。実家が彼女の家（社長宅）と近かったので、退院された頃お見舞いに行きました。

その前年一〇月には社会党委員長の浅沼稲次郎氏が日比谷公会堂で演説中、一七歳の右翼少年に刺殺されています。凶行に及んだのはいずれも少年で、戦後の民主主義教育を受けて育ったはずですが、恐らく周囲の大人に洗脳されたのでしょう。

子どもを連れて東京へ戻る

六一年春、私は長男が中学に進学するのを期に、三人の子どもを連れて東京に戻りました。いっしょに暮らしていた施設の子どもたちは、ほとんどが中学を卒業すると就職します。自分の子どもとは進路が違ってきますので、子どもの教育を考えて東京へ戻ったのです。

このとき女子大の高等学部の同級生が出入りの工務店に頼んでくださり、その工務店で家を新築した方から、建築中の仮住まいとして敷地内に建てた小さな家を家賃一万円で貸していただけることになりました。その家は、小学校と中学校がすぐ近くにあって、西武新宿線の都立家政駅から五分という便利な所でした。大家さんと同じ門を潜って出入りしていましたから、子どもたちの友だちは、私たちがその新築の邸宅に住んでいるものと勘違いしたそうです。

私は仕事を辞めて上京しましたので、新たな職探しが必要でした。すると女子大同窓会の大津春枝さんから電話があって、同窓会の仕事を手伝うように勧めてくださいました。（大津さんは一九二五年、第六回高等学部の卒業生で、長く同窓会に勤めた方です。私は戦争中、横河電機に勤労動員されて、卒業時に動員が解除された後も働いたので、そこを辞めたときに工場長のような方々と社内で夕飯をいただき、金一封を渡されたのです。このお金は同窓会を通じて大学に寄付しました。このとき窓口となって受け取られたのが大津さんでした）。

その仕事というのは、ボロボロになった手書きの同窓会名簿を引き写して新しくする作業で、子どもが学校に行っている間の実働四時間ぐらいのアルバイトでした。その他にも、同窓会が管理していた追分寮の宿泊申し込みの対応や、同窓会主催の催し物——夏休み子ども教室など——の受け付けと、いろいろ手伝ったと思います。その作業が終わると、大学の教務課の仕事で、入学願書の受け付け事務をしました。双方を合わせて一年ほどの勤務でした。

アルバイトをした程度では、当時の学内の雰囲気を知ることはできませんでしたが、一九六一年一〇月に東京女子大学の創設者の一人、A・K・ライシャワー氏が、当時駐日米国大使になられたご次男とともに来学されたときは、皆さんニコニコ顔でした。

仕事と子育ての両立を考える

子どもたちは愛生園で生まれ、園生たちと一つ屋根の下で家族のように分け隔てなく育ちました。とはいえ保護者を失って施設に引き取られた子どもとは、やはり立場が違うわけです。「先生（私と夫）の子ども」という意識が常に頭の隅にありました。ですから私に連れられて上京してからは、「先生の子ども」という枠が外れて、ちょっと気楽になったのではないかと思います。

住居を定めるとすぐにテレビを購入しました。愛生園にもテレビはありましたが、ホールに置かれていて、子どもたちが勝手に見ることはなかったのです。しかも私は昼間、女子大のアルバイトに行っています。そのとき一番下の娘は小学校三年生で、学校から帰って来て好きにテレビを見たのでしょう。保護者会で担任の先生から、「前の学校では勉強ができたのでしょうけど、今はさほどではないし、宿題もしてこないことがあります」と指摘されました。

それを聞いて、子どもが小さいうちは家を空けるのはよくないと気づいて、家にいてできる仕事を探したいと思いました。後述するように校正の仕事に転じたのには、そうした理由もありました。ただ、今になって娘が言うには、その時期にテレビで洋画の名作をたっぷり見たのだそうです。例えばイタリア映画『自転車泥棒』など、生活のために心ならずも自転車を盗んでしまった父親の気持ちが、三年生でも理解できたのでしょう。そのときテレビでたくさんの名画を見たことが、振り返ってみると非常に勉強になったということです。

三人とも学齢期でしたから、それなりに手がかかりました。その一方で仕事をし、また市民運動にも少なからず関わるようになったので、子どもたちに十分な時間をかけてやることはできなかったかもしれません。とはいえ子どもたちは、物心ついたときから母親が働く姿を見て育ちましたから、さほど不満はなかっただろうと思います。

中央公論社の校正の仕事

一九六二年、同級生の嶋中雅子さん（→六一頁）の世話で、中央公論社の校正の仕事をさせていただくことになりました。前にも述べたように、嶋中社長は私と同じ小学校でしたから（→三〇頁）、そんな関わりもあって愛生園の活動も応援していただいていました。またその前年か前々年に、同窓会の主催で出版に関する講習会が開かれ、私も受講しました。そのときはまだ愛生園に勤めていましたから、休暇をいただいて上京したのです。女子大の級友の中に岩波書店の社外校正をしている人もいましたし、私としても転職の準備が頭にありました。講習会では出版、製本、校正について諸先生の講義と実習があり、校正の講義は中央公論社校閲部長の長谷川鑛平先生が担当されました。

長谷川先生は西武新宿線沿線の野方にお住まいで、私の住む都立家政の隣りの駅でした。それで嶋中さんから直接先生のお宅を訪ねるように言われて伺うと、その場で校正ゲラを渡されました。それはホイジンガの『ホモ・ルーデンス』などが引用されたものだったので、持ち帰って校正してお戻しすると、「どうやら使えないこともない」という評価をいただき、しばらくは長谷川先生のチェックを介して仕事をしていましたが、そのうちに校閲部から直接仕事をいただくようになりました。先生は法政大学哲学科の出身で、石門心学の研究者です。たびたびご著書をお贈りいただきましたし、晩年まで気にかけていただいて、今でも大変感謝しています。

中央公論社からいただく校正の仕事は当初、中公新書と、ちょうどその頃から新訳で出し始めた世界の文学シリーズが多かったと思います。中公新書は高校生が読んでもわかる程度の内容ですから、専門書の校正のような苦労はなかったと思います。ただ校正の仕事は毎日コンスタントにくるものではないし、くれば急ぎのことが多いので、ほとんど徹夜で仕上げて届けに行くこともありました。そういう点では厳しかったと思います。

市民運動に関わる

東京での生活が落ち着いてきた頃、私は後述する「やきいもの会」に参加して、以来さまざまな市民運動に関わるようになりました。運動に対する基本的なスタンスは、できる範囲で活動し協力するというものです。私には校正の仕事があり、学齢期の子が三人おりましたから、運動の先頭に立ったり、中核を担ったりしたことはほとんどありません。具体的に言えば、集会や会合、勉強会、デモや抗議行動、ビラ配りなどに参加したり、会の運営を少しお手伝いしたり、裁判や議会を傍聴したり、ときには原稿執筆や校正を引き受けたり、それから資金カンパに協力するといったことです。

また最初に入会した「やきいもの会」でもそうでしたが、会員や活動に参加している人たちからいろいろ情報が入ったり、応援を頼まれたりします。その意図に賛同すればできるだけ協力するという形で、さまざまな運動に関わることになっていきました。仕事を持つ一主婦としての活動ですから、大したことはできませんでしたし、名前を出して責任を引き受けたのは「蓮見さんのことを考える女性の会」(後述)だけです。

とはいえ活動には時間も労力もお金もかかります。そのうえ市民運動というのは、最初からそううまくいくことを期待できないことが多いのです。裁判に訴えても勝つことは少なく、徒労感を感じることもありました。それでも続けてきたのは、「黙っていることが戦争にもつながる」という思いがあるからです。先の戦争がそうでした。ですから、どういう形であれ「声を上げ続けること」が私の運動の根本なのです。

「やきいもの会」に参加（関わった時期：一九六八〜七三年頃）

一九六五年四月、べ平連（ベトナムに平和を！市民文化団体連合。後に、ベトナムに平和を！市民連合）の第一回のデモがありました。米軍による北ベトナムへの爆撃が始まったのに対し、米国とそれに協力する日本政府に抗議するための行動です。その後、市民や学生たちのデモが盛んに行われ、出撃基地となった沖縄での県民抗議集会には七〜一〇万人も集まったと記憶しています。その頃、新聞の投書欄に掲載された「私もデモに行った」という投書が目に留まりました。筆者は東京女子大学を同じ年に卒業した小松丸さんでした。私はすぐに連絡を取り、小松さんたちの平和問題を考えるグループ「やきいもの会」に参加しました。

「やきいもの会」は一〇人ほどの女性グループでした。「ピースパラダイス（平和天国）・平和憲法を世界にひろめる会」主唱者の飯島春子さんが当時、無水鍋の販売に携わっていて「やきいもを食べながら話し合いましょう」と呼びかけたのがきっかけだと聞いています。ですから特に会費や規約はなく、月に一回程度不定期に勉強会を開いていましたが、「やきいもの会」自体が主体となって運動をすることはありませんでした。安保やベトナム戦争はじめ、さまざまな社会問題に関心をもつ人たちがメンバーとなって、それぞれ自分の問題意識によって活動していました。

　例えば、救援連絡センターからの連絡を受けて、デモなどで逮捕され拘留されている女子学生のために差し入れ――女性には下着など、日常的に必要なものがありますから――に行く人もいました。救援連絡センターは、一九六九年に水戸巌氏（物理学者）らにより発足した人権団体で、公権力による逮捕者の救援活動をしています。事務所の電話番号五九一―一三〇一（「獄入りは意味多い」と覚えました。現在は〇三―三五九一―一三〇一）にかければ、弁護士の派遣を依頼できるということは、当時運動をしている人なら誰でも知っていました。私の知人の女子高校生も運動に参加して警察に逮捕され――特に暴れたわけではなく、その場にいただけで捕まったのです――自分の名前や住所などを黙秘したため二二日間も拘留されましたが、その間、彼女の親は救援連絡センターに問い合わせて娘の居場所を把握できました。飯島さんもこの活動に関わっていました。佐藤首相訪米阻止闘争[1]の後、自宅近くの玉川警察署に週二回、学生たち二六人分のおにぎりを、衣類とともに差し入れた話を聞いたことがあります。私は直接そうした活動はしませんでしたが、救援連絡センターの会員になって会費を負担していました。

このように「やきいもの会」はゆるい結束のグループでしたが、それぞれの活動の際に便宜上、会の名前を使うことはよくありました。集会場所を借りるときなどには「やきいもの会」の名で申し込みましたし、他のグループと連絡や交流をするときに「やきいもの会の谷です」などと名乗りました。もっとも活動をする際のグループ名としては「やきいもの会」より、もっと趣旨がはっきりわかる名前のほうがよいこともあります。「○○を支援する会」とか「○○のために○○する会」など。そのとき一回限りの名前も珍しくありませんでした。

「やきいもの会」の勉強会は、渋谷区神宮前の婦人民主クラブの会議室を借りて開いたり、個人のお宅を使わせていただくこともありました。後に長い裁判となる「在韓被爆者」の問題（→一〇五頁）について、韓国へ行って被爆した方々と会い、聞き取りをしたメンバーが二人いて、勉強会の折に彼女たちから詳しい報告を聞きました。

原爆については、私が入会する以前に「平和のために手をつなぐ会」の名で、原民喜の詩「水ヲ下サイ」を英訳して海外へ送ったりしていたそうです。それでちょうど私が加わった頃、『アサヒグラフ』が原爆被害の写真を特集していましたので、海外の関係者（「水ヲ下サイ」をお送りした方々など）に送ってくださるよう、僅かですが寄金しました。また一九六九年頃、「平和のために手をつなぐ会」の名で作成した「平和を訴えるビラ」を五

○部ほど預かって、近所の家の郵便受けに投げ入れたこともありました。

ベトナム戦争反対運動（関わった時期：一九六八〜七三年）

一九六七年一一月一一日にエスペランチストの由比忠之進さんは、佐藤栄作首相が世界に先駆けて北爆支持を表明したことに抗議して、首相官邸前で焼身自殺をしました(2)。当時、ベトナムでは反戦を訴える僧侶の焼身がたびたびあって、日本でも新聞やテレビなどで報道され、ことに反戦運動をしている人の胸には重くこたえていました。首相官邸前で実行された由比氏の抗議の焼身はそれに続くものだと思われますが、私の印象では、なぜかあまり大きく報道されなかったように記憶しています。

ベトナム反戦運動は、一九六五年二月にアメリカ軍がベトナムで北爆を開始してから、一九七三年に撤退するまで、多くの学生や市民が参加して広くさまざまな形で展開されました。反戦を訴えるデモは何度となく行われ、私たちはデモの際には「やきいもの会」と書いた旗を持ってまとまって歩きました。ベトナム反戦ですから、抗議する先はアメリカ大使館——当時、略して「アメ大《たい》」と呼んでいました——です。私たちはたいてい千代田区清水谷公園からデモをしました。時には渋谷区明治公園から青山通り、外堀通りを経て赤坂のアメ大の前でシュプレヒコールをして、それから新橋を経て、東京駅の先の常盤橋公園で解散しました。私はたいてい銀座や東京駅近くでデモの列を抜け出し、カフェで一休みしてから帰宅しました。

デモをしたのは「べ平連」、「声なき声の会」、「誰デモ入れる会」、「草の実会」（後述）などといっしょになったときだけでしたが、「やきいもの会」は市民として、五、六人はいつも参加していました。新聞でデモの情報が入るのです。休日のデモでは子どもを連れて加わっている姿も見られました。デモの隊列では、学生やセクトは市民の後ろに続きます。青山通りでフランス・デモ（手をつないで道いっぱいに広がってデモすること。パリのシャンゼリゼ通りを歩いている気分です）になったことがありました。恐らく偶発的にそうなったのだと思いますが、デモの責任者は逮捕されました。こうしたことは私が参加した中では、このとき一度だけでした。

デモをするときには「車道側六列、五〇〇人くらい、デモ責任者〇〇」と申請の届け出をすることになっています。最初は六列縦隊でデモ行進するのが普通でしたが、いつからか四列にされ、その左右に籠手《こて》まで付けた機動隊が貼り付いて合計六列。機動隊に挟まれたサンドイッチ・デモに規制されてしまいました。市民は非暴力、不服従で行動しますから、窮屈な形になりましたが、あえて抵抗せず、その形でデモを続けていました。学生たちには「ちんたらデモ」と笑われましたが――彼らは元気いっぱいで、ヘルメットを被って蛇行したりしていましたから——市民と学生はお互いを認め合っていました。内ゲバは論外として、いわゆる阻止闘争など、時と場合によってはデモのやり方も違ってくるでしょう。そのやり方は当事者が考えることだと、私は思います。

なお、「草の実会」[3]は朝日新聞の「ひととき」欄を通じてできた女性たちのグループです。私は会員ではありませんが、会員の斎藤鶴子さんが主宰する勉強会に加わった関係で、「草の実会」が単独でデモをするときには、斎藤さんからハガキでご連絡をいただきました。

成田空港建設反対のビラ撒き（三里塚闘争／関わった時期：一九七一年九月）

一九七一年九月一七日——三里塚の東峰十字路事件[4]の翌日——小松さん（→六八頁）から「新橋駅前でビラ撒きをする」と連絡があり、夕方、新橋駅の銀座口へ行きました。集合場所へ行くとすでに数人が来ていて、「侵略＝差別と闘うアジア婦人会議」の松岡洋子さんと飯島愛子さんもいらしたことを覚えています。そのとき配ったのは「観光旅行のための空港はいらない」というようなビラでした。

小松さんが私を誘ったのは、「やきいもの会」の関係からですが、特に「やきいもの会」がこの運動に関わっていたわけではありません。私も三里塚闘争の趣旨は理解していたので、ビラ撒きに加わりました。成田の三里塚御料牧場は桜の名所で、小学生のときに遠足で行きました。戦後、引揚者などが開拓して農業をしていたところへ、政府が地元住民への相談もなしに計画を進めたことが、対立の発端です。広い御料牧場が成田空港の用地として狙われたのです。すでに一九六四年、千葉県内に暮らしていた私の父が亡くなる前、三里塚近くの富里町の農家の人が来て、開港を不安がっていました。

そもそも空港建設にあたっては地権者や地域住民に対して、成田空港の必要性を明確に示したうえで、建設計画や完成後の運営の仕方、それに伴う騒音や環境問題などをていねいに説明し、地域の意見を聞いて十分な話し合いをして、事前に合意を得ることが順序です。まして三里塚の農家にとって、土地を接収されることは職業を奪われることでもあるのです。しかし政府は、地域や地権者の生活や権利を無視する形で空港建設を推進しました。このやり方は戦中の姿勢にも通じますし、地元の反発は十分に理解できます。こうして始まった三里塚闘争では、それまでにも農家の人、学生、労働者、そして警官にも死傷者が出ていましたから、東峰十字路事件を報道で知って「もう黙ってはいられない」という思いで、みんな出て来たのだと思います。

しかし闘争の激化にもかかわらず工事は進められ、一九七八年に開港しました。その後は二期工事を巡って対立が続き、一九九一～九三年に隅谷三喜男氏が議長となって、政府と反対派が参加する形で一五回にわたる調査と討論会が行われ、その後の円卓会議を経て、ようやく和解に至りました。とはいえ、今も三本目の滑走路の拡張が決まり、問題は続いていますし、飛行時間の延長など、周辺地区は騒音と危険を免れません。

私が成田空港反対の意思表示に加わったのはこの時のビラ配りと、赤坂の空港公団への申し入れに参加した程度です。もちろん運動を避けたわけではありませんが、家事と仕事をこなし、そのうえに市民運動に参加するのは負担を伴うものです。それでも志のある人は、例えば家に介護の必要な人がいたり、自分が病気を抱えていても、たとえわずかでも出せる限りの力を市民運動に向けています。私も家事と仕事のほかに引越をしたり、入院したり、後には孫を預かるような用事もできて、その合間に運動に参加していましたから、自ずと活動を選ぶことになるのです。

沖縄返還協定の強行採決への抗議（関わった時期：一九七一年一一月）

一九五二年の平和条約発効以後も、引き続きアメリカの統治下に置かれた沖縄は、強引な米軍基地建設や多発する事故、米兵による事件に苦しめられ、日本への復帰を望んで運動を続けてきました。そして一九六九年、日米安保条約の延長を翌年に控え、ニクソン米大統領が沖縄返還を約束します。

私はこの時期、沖縄問題についてそれほど関わっていたわけではありません。ただヤマトンチュの一人として、黙っているのはよくないとは思っていました。しかも沖縄返還は日米安保条約の延長を前提として行われています。ですから、六〇年安保、七〇年安保の反対運動ともつながっているのです。また七〇年一二月には、コザ事件と呼ばれる米軍と沖縄市民との衝突もありました。

そうした中、七一年一一月に佐藤栄作政権は、沖縄返還協定を強行採決する姿勢を見せました。私はこれに反対して、「やきいもの会」の石田玲子さんとともに国会前の抗議行動に加わっています。このときは自分の気持ちから行動しただけで、「やきいもの会」とは関係なく、石田さんとも誘い合わせたわけではありません。私としては採決自体よりも、国内の議論を遮って強行採決をする佐藤政権の姿勢に対して抗議をしたのです。国会前には、北富士の入会権回復を求めて米軍と闘っていた「忍草母の会」（↓八八頁）の女性たちが山梨から来て、農婦姿で毎日座り込みをしていました。私は彼女たちの隣りあたりに、手書きのプラカードを持って立ちました。座り込みの様子はテレビニュースでも報じられましたが、私の顔も映ったのでびっくりしました。

強行採決は時間の問題でしたから、一一月一七日には社会党と共産党の議員が欠席する中で強引に採決されました。しかもこの返還協定の裏では、日米間で数々の密約が交わされていたことが、ずっと後になって明らかになりました(5)。

蓮見さんのことを考える女性の会
（沖縄密約電報事件／関わった時期：一九七二〜七四年）

沖縄返還に絡む政府の密約

「蓮見さんのことを考える女性の会」は、私が唯一、谷民子の筆名で責任を引き受けた活動でした。沖縄密約電報事件とは、沖縄返還の際、軍用地復元費用としてアメリカが日本に支払うべき四〇〇万ドルの補償金（沖縄返還協定第四条三項）を、日本政府が肩代わりするという密約があったことが、外務省の極秘の電報により明らかにされた事件です。外務審議官付きの事務官だった蓮見喜久子さんが、この密約に関する電報文のコピーを、毎日新聞の西山太吉記者に提供したことにより事実が明るみに出ました。西山記者は沖縄返還協定締結の翌日の朝刊（一九七一年六月一八日『毎日新聞』）に、電報文の内容をもとに署名記事を掲載しました。しかしなぜか話題にならなかったため、社会党の横路孝弘議員に情報を提供し、横路氏が一二月一三日の衆議院沖縄特別委員会の席上、また翌一九七二年三月二七日の衆議院予算委員会で、この密約を取り上げたことにより、ようやく世間の注目が集まりました。

このときマスコミは、密約の事実を追及批判する一方で、誰が機密を漏洩したのかについても記事にしました。本来報道の情報源は伏せられるべきなのに、国会に持ち出した電報文のコピーに判子が押してあったため、文書の出所が容易に知られてしまったのです。そのため四月四日、蓮見さんは西山記者とともに、公務員の秘密を守る義務（国家公務員法第百条）違反、およびその行為をそそのかした罪（同法百十一条）で逮捕され、翌五日、蓮見さんは異例の速さで懲戒免職処分とされました。これに対し「報道記者の逮捕は国民の知る権利の侵害である」として、憲法違反にも言及されて国会議員や報道機関、法曹界はじめ一般市民の間でも、さまざまな議論や運動が盛り上がったのは言うまでもありません。

「蓮見さんのことを考える女性の会」発足

そして四月一三日夜には「国民の知る権利を守る大集会」が神田共立講堂（共立女子大学講堂）で、参加者約一五〇〇人を集めて開催され、それぞれの立場から発言がありました。私もこの会に参加して、飛び入りで発言しています。

というのは、この日の昼頃に電話があり、「肝腎の蓮見さんのことが抜けている『知る権利』というのはおかしいんじゃない？　そのことを訴えるビラを今夜まきたいんだけど、連絡先になってくださる?」と依頼されたのです。私は少し迷いましたが、引き受けることにしました。代表として名前を出しにくい人たち――朝日新聞記者の松井やよりさん、社会党議員（土井たか子）秘書の五島昌子さんなど――に代わって、形の上で「蓮見さんのことを考える女性の会」（以下「考える会」）の代表となったわけです。

その夜に共立講堂の入口で会ったのは、初対面の人たち一二名でした。代表を引き受けた私は、集会の終わりに飛び入りで「西山記者にひきかえ、蓮見さんはバックもないただの女事務官だからなのか、懲戒免職になり、悪い女だという報道のされ方をしてひどい目にあっている。蓮見さんの決断がなければ国民は密約を知り得なかったのだし、蓮見さんのことを女性の立場から考えてゆく会をつくりたいと思う」と会の発足をアピールしました。大勢の前で壇上から発言するなど初めての経験でしたが、目も眩まずちゃんと立っていられたのは、自分でも不思議なくらいでした。

翌々一五日、蓮見さんと西山記者は釈放され、同時に起訴されました。その起訴状には「西山は蓮見とひそかに情を通じ、これを利用して蓮見に安川審議官に回付される外交関係秘密文書ないしその写しを持ち出させて記事の取材をしようと企て、①昭和四十六年ごろ蓮見を東京渋谷区のホテルに誘って情を通じたあげく……」と記されており、ことさら「情を通じ」という一節を入れることにより、狡猾に問題の焦点を逸らそうとしています。この情報操作にやすやすと乗って、マスコミの論調や世の中の関心は「密約の存在」から

「情事」というゴシップへと移ってしまいました。しかもその論調は、病身の夫を支える「いい女房」であったのに、西山記者にそそのかされた「哀れな女性」で、現在は反省して夫との結婚生活の再建に専心しようとしている、というもので、蓮見さんの弁護士の主張もそっくりこの通りでした。身の危険を冒して「国民の知る権利」に貢献したという、蓮見さんの行動はまったく無視されたのです。そして蓮見さん自身も、ただ弁護士に護られて人目を逃れる「間違いを犯した哀れな女」という姿勢で改悛の情を示すことに終始しました。

一方、大集会（一三日）翌朝の新聞記事では、「考える会」の発足にもふれられたので、全国各地から反響が寄せられました。「よくぞ言ってくれた」という激励や、「暗い時代が戻ってくるような怖さを感じるが、わかってくれる人が少ない」と心情を吐露する主婦や若者たちの声に励まされた反面、「秘書の本分を外れた者を激励するとは何事か」という批判や果ては「ド淫売・姦婦の集まり」という中傷もありました。私は会の代表ということで名前と住所を公にしましたが、電話番号は公表していません。しかしどこで調べたのか、新聞に載った翌日から強迫まがいの電話がかかってくるようになりました。それで文筆家の吉廣紀代子さんが、自分の住所を貸すと言ってくださったので、連絡先としての谷の住所を当時住んでいた杉並区から吉祥寺の彼女の住所に移しました。

私たちの主張

四月一八日夜、「考える会」の第一回会合を渋谷区の婦選会館で開きました。この会合には、私たちのビラや新聞記事で会を知った二〇~七〇代の賛同者が七〇人近く集まり、ここで討論されたことを基にアピールをつくりました。

そして四月二八日の沖縄デーにあたり、社会党の佐々木静子議員の紹介で、会の有志六名が法務省の辻辰三郎刑事局長を訪ねて、①国公法による逮捕・起訴は不当である、②起訴状は人権蹂躙である、③秘密外交と言論弾圧をたくらむ政治的起訴である、の三点について抗議しました。辻氏はいずれも「見解の相違」と突っぱね、「法に基づいてやったことで女性には『情を通じ』がお気に召さぬようだが必要条件を満たすために書いた。佐藤首相を起訴する法律はない」と言い、「情を通じ、これを利用し」という考え方は女性蔑視も甚だしいと指摘すると、「男性社会では通用することだ」という返答でした。

五月一三日には第二回の会合を開いて、①毎月一回会合をもつ、②蓮見さんに私たちの気持ちを伝える努力をする、③ガリ版でニュースを出して各地の同志と連絡する、④国公法などの学習をする、⑤各自が家庭や仕事を生かして蓮見さんの果たした役割を正しく伝えていく、などを確認しました。

こうした行動の記録や、「知る権利」に関する勉強会の成果、関連資料などを集めて、私たちはこの年一一月に『記録　蓮見さんをなぜ裁くのか　沖縄密約事件をめぐって女性は知る権利を守り抜く』[6]と題した小冊子を、未来社の助力を得て発行しました。その内容はジャーナリストの大森実氏から「〝知る権利〟と〝密約〟と〝蓮見さんの立場〟がかなり明確に分類されてミソとクソがごっちゃになっていないので一読に値する」という評価を得て、三〇〇〇部近くが読まれました。

しかし、裁判において蓮見さん側は一貫して罪状を認めて改悛の情を見せ、西山記者に「そそのかされた」として彼を非難しました。そして彼女に寄り添おうとした私たちの行動は拒否され、彼女と直接会うことすらできませんでした。結局のところ、問題をスキャンダルにすり替えて追求をかわそうとした権力側の意図が成功した形になったのです。

私は代表としていくつかのメディアの取材に応じました。『婦人公論』（一九七二年七月号）には「『考える会』について」と題して、会発足の経緯や前述の辻刑事局長に対する抗議について書きました。[7]

第一審裁判の判決が出た翌週の『朝日ジャーナル』に掲載された文章[8]は、私の個人的な視点から意見を述べたものです。その冒頭に「私には大本営発表とそれに迎合した記事で埋まった新聞を読まされた、ふかい恨みがある」と書いたのは、もちろん戦時下のことです。だから一昨年の四月、佐藤首相が国会で「機密保護法が必要だ」と叫んだ時、いやな予感がした。このいやな予感は切実な危機感だったので、今回、「蓮見さんを抜きにして、何が〝知る権利〟か」と立ち上がった。そして、蓮見さんが有罪となったのは、ニュースソースを守り得なかった結果であることを、報道関係者は胆に銘じてほしい。真実の情報を求めるためには内部告発が必要であるが、協力者がクビになったり、有罪になったりではそれは望めない、と苦言を呈しました。これは私が活動のなかで学び取った実感でした。最後に、国民の知る権利に応える確信犯を出すためにはどうしたらよいか、という問題提起で文章をしめくくりましたが、ここで「確信犯を出す」と書いたのはこういうことです。有罪判決を聞いた蓮見さんは「思ったより軽くて……」と漏らしたのです。それは自分が外務省の秩序を守り得たと思ってホッとしたからではないか、と私は感じました。だとすると彼女は、国民の知る権利のためにあえて内部告発をした「確信犯」ではなかったわけです。そのことを受けて言っています。

裁判の経過と会の解散

「考える会」は、この沖縄密約電報事件を「知る権利」をめぐる裁判ととらえ、裁判の行方に注目し、被告とされた蓮見さんに寄り添うことを目的に活動しました。第一審（一九七四年一月三一日）の判決は、西山記者が無罪、蓮見さんは有罪（懲役一〇カ月、執行猶予一年）という結果でした。しかし蓮見さんは控訴しませんでしたし、支援も望まなかったので、私たちはこの時点で活動を終了しました。

私は地裁の第一審はもちろん、高裁の第二審（西山記者の無罪に対して、検察側が控訴した）もすべて傍聴しました。高裁のときにも、常に「考える会」の傍聴者が四、五人はいました。その一人が、西山記者の弁護を務めた若い山川洋一郎弁護士の活躍ぶりを見て、「息子を弁護士にしたい」と言ったのを覚えています。しかし高裁の判決は、蓮見さんへのそそのかしを理由に西山氏を逆転有罪とし、西山氏側は上告しましたが、最高裁も上告を棄却して有罪が確定しました（一九七八年五月三一日）。

なお、第一審の途中から澤地久枝さんが傍聴され、事件に関する取材や調査を重ねて『密約』（中央公論社、一九七八年）という著書にまとめています。

密約の証拠と証言が明示されてもなお

この問題はその後も続きます。アメリカで密約関係の文書が機密解除されて閲覧可能となり、二〇〇〇年に密約を裏付ける文書が見つかったのです。二〇〇五年、西山氏は「密約の存在を知りながら違法に起訴された」と訴えて国家賠償請求の訴訟を起こしました。しかし一審判決は密約の存在にはふれず、損害請求二〇年の除斥期間を過ぎたため請求権がないとして訴えを棄却（二〇〇七年）。西山氏は「二〇〇〇年にアメリカ側の公文書が発見され、初めて密約が立証され提訴が可能となったのだから、時効成立を理由に棄却した一審は不当」として控訴しましたが、二〇〇八年二月、東京高裁は一審を支持して訴えを棄却。同年九月には最高裁も一審、二審を支持して、西山氏の敗訴が決定しました。

そこで、西山氏と澤地久枝さんなど有志は、外交文書の情報公開を外務省と財務省に求めましたが、両大臣は一〇月二日に存在しないことを理由に「不開示」を決定。このため西山氏と有志は、二〇〇九年三月に両大臣の文書不開示は違法であるとして、国に対して決定の取り消しと文書開示の義務付け、原告一人につき一〇万円の損害賠償を求めて提訴しました。この裁判には、事件当時外務省アメリカ局長だった吉野文六氏が出廷し、自身のイニシャルをサインした密約文書の存在を認めました。一九七二年三月に衆議院予算委員会で、横路議員から質問された際は「知らない」と答えましたが、それを翻したのです。そして二〇一〇年四月、ついに勝訴。東京地裁は、沖縄返還をめぐる日米交渉の過程で密約文書が作成されたことを認め、国に対して文書の開示を命じました。私は法廷で傍聴し、澤地さんの笑顔も見ました。

しかし国は「探したが、密約文書はなかった」と主張し、一審の開示命令を取り消すことを求めて控訴しました。この間、二〇〇九年には民主党政権に代わり、岡田克也外務大臣の指示の下、沖縄返還関連の資料四〇〇〇冊を調査。有識者らからなる調査委員会が翌年には「密約はあった」とする報告をまとめています。国は「この調査の過程で資料を探したが、密約文書は見つからなかった」と主張したのです。東京高裁はその主張を認めて、一審の開示命令を取り消しました。西山氏等はこれを不服として上告しましたが、二〇一四年七月一四日に最高裁で棄却され、敗訴が決定しました。

沖縄返還を巡りあるはずの密約文書は、どこでどう処理されたかも不明のまま、「ないから仕方がない」という国の主張が認められる決着となりました。また、いずれの判決も密約文書が作成されたことは認め、二審では「秘密裏に廃棄された可能性」も指摘されたのですが、最高裁判決では「行政機関が存在しないとした文書の開示を求める場合は、請求した側が文書の存在を立証する責任がある」との判断が示されました。実際のところ、情報公開の請求者が存在を証明するのは非常に難しいことですから、この判断は、政府が「ない」と言い張れば、それで通ってしまう実態を認めたものです。また密約の存在が証明され、政府が国民を騙したことが明確になったにもかかわらず、何の咎めもなく釈明もされませんでした。

レジスタンスの存在

こうして密約文書の存在はうやむやのまま、事件は幕引きされました。昨今でも森友学園や加計学園などの問題で、政府側の文書の有無や改竄が国会で取り沙汰されています。また自衛隊のイラク派遣部隊の日報隠蔽が発覚したり、勤労統計の不正問題で政府介入が疑われたり。私が密約事件の傍聴のため裁判所通いを始めた一九七二年から四十数年を経ても、相変わらず国民が知る権利を手にしていない現実を見ると、悲しくなります。

ただ先日、東京女子大学教授の古沢希代子さんが、『平和をめぐる14の論点　平和研究が問い続けること』[9]をお送りくださいました。この方とは、確か松井やよりさんの没後一〇年でしたか、早稲田大学の図書館で「松井さんの遺志を受け継ごう」という集会があり、その懇親会でたまたま隣りに座り合わせたので、帰りがけに冊子『記録　蓮見さんをなぜ裁くのか』(↓八一頁)を渡しました。

古沢さんは『平和をめぐる14の論点』に寄せた「ジェンダー平等は平和の基礎か」という論文でこの事件にふれ、蓮見さんに「呼びかけたのは、須賀晶子(松井やよりの仮名)、谷民子、増田れい子、五島昌子など『蓮見さんのことを考える女性の会』のメンバーである」と、「考える会」の活動に注目しています。そして私たちの主張や活動を「右からも左からも叩かれた蓮見のことを自分自身の問題として応答し、彼女への非難に反論し、そのことによって攻撃されながらも、彼女の人権を守ろうとした」「重大な国家的隠蔽を個人的スキャンダルにすり替えようとする体制の暴力に抗議し続けた」と評価しています。[10]その成果としては「しかし、蓮見が彼女たちに対し語ることはなかった」と指摘された通りであり、密約に対する政府の責任も問われずじまいでしたが、私たちのレジスタンス(体制の暴力への抗議)が存在した、ということには確かな意義があると思います。

米軍基地問題と忍草母の会

米軍の基地問題は敗戦以来ずっと続いています。砂川事件（一九五七年）、内灘闘争（一九五二〜五七年）、北富士演習場問題（一九四七年〜）など。基地周辺の住民は現在も、生命や生活を脅かされています。北富士演習場の闘争[11]は、地元農民が米軍に対して入会権を主張して行ったものです。一九五八年に日本に返還されてからは自衛隊の演習場となりましたが、入会権闘争は続きました。

一九七二年のことだったと思いますが、松岡洋子さん（→七三頁）たちの呼びかけでバスを三台くらい連ねて忍野《おしの》村へ行き、「忍草《しぼくさ》母の会」の女性たちと交歓したことがあります。私は飯島愛子さんに誘われて参加しました。「忍草母の会」の人たちは、沖縄返還協定が強行採決されたときに、国会前で座り込みをした[12]お仲間なのです（→七六頁）。

4

入管体制・国籍法の問題に関わる

入管体制に関する問題

一九七〇年から、私は出入国管理令（後に、出入国管理及び難民認定法）、すなわち入管体制に関する運動に加わりました。「やきいもの会」の石田玲子さんから話を聞き、関心をもつようになったのです。出入国管理令は日本に住む外国人を規制する法律です。当時、私たちが注目したのは主に二つの問題でした。

一つは日本に居住する外国人の大半を占める在日韓国・朝鮮人についてです。彼らの多くは日本の植民地政策により（強制連行も含めて）外地から来た人たちで、当時は日本人として徴兵を含めさまざまな義務を負い、ともに戦火に遭いました。が、一九五二年に対日平和条約が発効し、日本が主権を回復した途端、国籍法の施行により何の配慮もなく一律に外国人とされたのです。その結果、健康保険や年金はじめ、戦争遺族年金や被爆者補償なども含めて、本来受けるべき補償から外されました（この点は在日の問題に限りません。例えば在韓被爆者の訴訟〈→一〇五頁〉など）。また、ビザをもって在留する一般の外国人と同じように、出入国管理令の対象とされたため、在日の指紋押捺拒否(1)、再入国問題(2)などさまざまな問題を生みました。いずれも日本の戦争責任の放棄と言えます。

もう一つは在日外国人の政治活動に対する規制です。これは政情不安定な国から来日した留学生にとって、しばしば深刻な問題になりました。例えばベトナムなどからの留学生が、日本滞在中に反戦運動をしたため、帰国する際に本国からの要請で入管（入国管理局）の職員に捕まったなど、留学生に関わる問題がいろいろと起きていたのです。当時、アジア学生文化協会で働いていた田中宏さん（経済学者、一橋大学名誉教授）は、そうした留学生たちの問題に対応されていて、私も台湾からの留学生の支援に関わりました。

台湾からの留学生　劉彩品さんの支援（関わった時期：一九七〇〜七一年）

劉彩品さんは一九五六年に台湾から私費留学し、東京大学理学部天文学科に進学して、大学院研究生になっていました。その間、木村博さんと結婚し、男児二人に恵まれましたが、台湾の大使館（中華民国駐日大使館）に赴いてパスポートの期間更新申請をしないことを理由に、在留許可を出さない――すなわちビザの更新をしない――入管との間で争いになっていました。彼女は当時の台湾の状況に鑑みて、中国（中華人民共和国）を選ぼうと考えて、台湾の大使館に出向くことを避けていたのです。

その頃、留学生が強制送還され、本国で過酷な目に遭う例が重なり、強制送還を恐れるあまり自殺者さえ出ていました。当時戒厳令下にあった台湾の場合、強制送還されると、緑島という離島の監獄に入れられ、死刑になる危険さえありました。例えば、台湾からハワイ大学に留学していた陳玉璽さんは強制送還される恐れがあり、川田泰代さん（後述）が身元引受人になって日本に滞在していました。ところが入管は、川田さんへの連絡なしに陳さんを強制送還し、彼は台北の保安司令部に入れられて、軍法会議で死刑を求刑されたのです。その後、国際的圧力で懲役七年に減刑されましたが。

私は個人の思想信条にまで立ち入る入管体制に納得できませんでした。また、人権や生命の危険に配慮せず、ただ相手国の要請に従って強制送還をする入管のお役人仕事にも反発を感じていました。

劉さんの友人たちは一九七〇年六月、劉彩品さんを支援するため「劉さんを守る友人の会」を発足させ、その後、「劉さんに在留許可を！　婦人連絡会」という会もできました。石田玲子さん、和田あき子さんたちが呼びかけ人です。私も入会して、集会に参加したり、ビラを撒くなどの活動をしました。主な行動は同年七月二九日に法務省入管局資格審査課の橋爪課長に面会したことでした。このときには、「現に多くの華僑が日本に滞在しているように、劉さんは中国人としてこのまま滞在できるのではないか」「台湾では思想的な弾圧があり、劉さんの帰国には危険が伴う」といったことを申し入れました。ちなみに、面会を求めて入管局を訪れた六名のうち、穂積七郎さん（当時社会党の衆議院議員）の紹介を受けていた石田玲子さんと、東大教授山之内一郎さんの親族だった山之内萩子さんの二人は課長に面会することができましたが、私を含めて他の四人は面会できませんでした。石田さんが一人一人名前と所属を紹介した後、私たち四人は階下に移動させられました。

そして九月二四日、劉さんに対して三年間のビザ更新が認められました。これは劉さん自身のたびたびの抵抗に加えて、大学関係者や学生たちの力強い支援があっての成果でした。私たちはここまでの会の活動報告を二〇頁ほどの小冊子にまとめて、一二月二五日に発行し、これをもって会の活動を終えました。劉さんの支援者の中には、前述の川田泰代さんもいました。彼女は『婦人画報』の編集長を務めるなど、ジャーナリストとして活躍する一方、平和運動や人権運動に関わり、アムネスティ・インターナショナル日本支部やアジア政治犯情報センターの創立メンバーとして、「良心の囚人」の救済に尽力していました。

さて、劉さんには三年間の在留許可が出ましたが、永住権の申請については、翌一九七一年一月二九日に不許可通知のハガキが届きました。その年、劉さんと夫の木村さんは中国の周恩来首相の招きで南京に移住することになり、日本を離れました。ご夫妻とお子さん二人が横浜港から旅立つとき、私たちは見送りに行きました。お二人はその後、南京紫金山にある南京天文台に勤務し、天文台の公用でたびたび来日しましたので、私たちはそのたびにいっしょに旅行したり、食事をともにしたりしました。また、会の大石志げ子さんは、南京に劉さんを訪ねています。

台湾独立運動家　林景明さんの支援（関わった時期：一九七〇～九四年）

一九七〇年八月、大学セミナーハウス（東京都八王子市）において一泊二日で「在日外国人問題を話し合う会」が開かれ、私は「やきいもの会」の石田玲子さんに促されて参加しました。会の席で、前述の劉さんのことを報告すると、林景明さんから「中共を支持する人だけを支援するのか」と、厳しい口調で問われました。それが林さんとの出会いでした。

林さんの問題

林さんは、日本の植民地時代の台湾で皇民化教育を受けた人です。一九四五年三月、台北二中（台北州立台北第二中学校）四年に進級する直前、一五歳で徴兵されました。戦後は中国国民党の支配下となり、台湾独立を主張した林さんは身の危険を感じて、一九六二年三月に観光ビザで日本に入国。在留権を取るために拓殖大学に入学しましたが、三カ月間の観光ビザが切れると国外退去令を受け、収容所生活と仮放免生活を繰り返して不法滞在を続けていました。

林さんの従兄《いとこ》は日本兵としてフィリピンで戦死したのに補償もされず、両親は小学校教師として長年皇民奉公会に奉仕したのに恩給ももらえず、彼自身元日本兵なのです。そうした歴史的事情を一顧だにせず、亡命を求めている自分をただ追い出そうとする日本政府の理不尽を訴えるため、彼は手記『知られざる台湾――台湾独立運動家の叫び』(三省堂、一九七〇年)を出版。この本は期待以上に多くの人に読まれました。また出版と同時に、政治犯罪人不引渡しの原則に基づき、東京地裁に退去令無効確認訴訟を起こしています。このときの弁護士は、後に最高裁判事になられた大野正男さんでした。

入管出頭時の付き添い

八王子で行われた「在日外国人問題を話し合う会」で出会った頃の林さんは、その訴訟の最中で、仮放免一カ月在留許可という状況でした。しかし次に入国管理局へ出頭したときに、在留許可が更新されず、その場で拘留されるかもしれないと恐れていました。それで「毎月入管に出頭する時に付き添いをしてほしい」と私に依頼したので、その場で電話番号を伝えて次回から付き添うことを引き受けました。平日の昼間に時間を取れる人は限られますが、私は自宅で校正の仕事をしていましたので、都合をつけることができました。

林さんは入管へ行く前日あたりに、電話をかけて同行を頼んできました。私はたいてい都合がつきましたから、最初に私のところへかけていたと思います。「明日、〇時にお願いします」と言われて「はい、わかりました」と。毎度のことですからそれだけで話が通じるわけです。私の他にも同行してくれる人たちはいました。林さんはいろいろな集会に出向いて、自分の状況を訴えていましたから、話を聞いて付き添いに応じる人もいたのです。例えば学生や、毎日新聞の記者といっしょに行ったこともあります。

入管へ行く日は、ＪＲ品川駅の東口の改札前で待ち合わせました。入国管理局に行くと二階の廊下で待機して、反対側の階段を使って連行されないように見張っています。林さんは横浜入管に出頭したときに、連行されそうになって窓から逃げ出したことがあったそうです。その話は一度しかしませんでしたが、二人でいっしょに逃げて、一人は亡くなったと聞きました。なぜ亡くなったのかは知りませんが、そのときはまだ付き添ってくれる人もなく、だから非常に恐かったのです。それがトラウマとなって、入管に行くと口の中がカラカラになるということでした。拘留されたときに連絡をとる人の電話番号のメモが入った封筒を林さんから預かり、廊下に立って彼が手続きを終えて部屋から出て来るのを、緊張して待っていた時間を思い出します。封筒の中身は見ていませんが、頼みになる弁護士、国会議員、それから原文子さん（後述）、三省堂の梅田さん、などの連絡先が記してあったのではないかと推測します。

退去令取り消し

一九七二年の夏、日中国交回復（同年九月二九日）を前にして、八月二四日に林さんへの退去令が取り消され、出入国管理局は三カ月ごとに申請する特別在留を許可しました。それで林さんは九月に訴訟を取り下げました。

この頃、林さんを支援する人たちが「林景明支援連絡センター」の名称で、毎月一回「林景明氏の人権を守るニュース」を発行していました。原文子さん、小関明良さん、私の三人が担当して、わら半紙一枚の通信にまとめたものです。ちょうど訴訟を取り下げた時期の号（No.18、一九七二年九月発行）が手もとに残っており、当時の事情がわかります。

林氏はこの退去令取消の理由について、①これまでは台湾の蔣介石政権に義理立てして独立運動家の強制送還に協力していたが、中華人民共和国との国交を選んだことで、この義理立てが不要になり、②日中国交を目前に控え、退去令取消を求めて訴訟を起こしている台湾人を静かにさせたいのではないか、という推測を述べています。実際、同様の訴訟を起こしていた三人の台湾人に対しても、同じ処遇がとられました。また支援メンバーの小関さんは「退去令の取り消しが、一人の人間としての人格を尊重したからではなく、政府の都合によってなされたことをまず銘記し、したがって、いつなんどき再び政府の都合によって退去強制令を出すかわからない」という認識を示しています。

その後、林さんの在留許可の更新期間は三カ月から一年になりましたが、たいていの人は三年だったそうです。この頃になると、それほど危険性はありませんでしたが、それでも用心のためか、付き添いは続きました。「林景明支援連絡センター」は、一九七二年頃に「林景明氏支援の会」、一九七四年頃からは「林景明氏を囲む会」という名称になりました。林さんの状況と、支援する人たちの顔ぶれも少しずつ変わったため、それに合わせて会の名前を改めたのでしょう。私自身は付き添いの他は、彼の裁判の傍聴に行くぐらいでしたので、詳しい事情はわかりません。

台湾の政治犯を救う会

一九七七年七月二四日に「台湾の政治犯を救う会」が発足しました。これは林さんが、「林景明氏を囲む会」の人たちとともに、当時女子学院院長をされていた大島孝一さんを訪ねて、台湾における政治犯の状況を訴え（当時八〇〇〇人以上いると言われた）、「代表世話人」となって行動してほしいと依頼したのが始まりと聞いています。林さんの依頼を受けて、大島さんや、アムネスティ・インターナショナル日本支部の川久保公夫さんらによって設立され、台湾当局に捕まっている政治犯の方々を救うために、国会議員やジャーナリスト、学者なども加わっています。実務は「林景明氏を囲む会」の渡田正弘さんや手塚登士雄さんなど、若い方々が担いました。この会が行った亜東関係協会[3]への申し入れや集会、デモなどに、私はほとんど参加していません。ただ台湾から来日した方との交流会には出席しました。

林さんの帰国

その後、一九八八年に蒋介石の後継者として台湾総統に就いていた蒋経国が死去し、国民党ながら台湾の地元民である李登輝が総統になると、半世紀近く続いた戒厳令が解かれて民主化が進み、外国に亡命していた独立運動家の帰国も認められるようになりました。そこで、一九九二年に港区白金台の台北駐日経済文化代表処[4]へ出向いて、旅券の申請をしました。余談ですが、そのとき係官から「奥さんですか」と聞かれて、「違います」と慌てて手を振ってしまったことを覚えています。そして一九九三年六月二七日、林さんは晴れて台湾へ帰国しました。その前日、彼に呼ばれて千代田区大手町の入管に最後の付き添いをしました、もう付き添うような危険はなかったのですが。

東京入国管理局の場所は、一九七〇年頃には品川区港南四丁目、東京水産大学（現東京海洋大学）の北側にありました。その後建て替えのためか、一時池袋のサンシャインシティに移り、一九九三年頃には大手町の合同庁舎の二階にありました。現在は海洋大学の東側（港南五丁目）です。

帰国する直前の六月一三日（一八〜二〇時）に、「台湾の政治犯を救う会」が主催して、早稲田奉仕園セミナーハウスで「林景明氏を囲む会」の座談会が開かれ、私も参加しました。なお、「台湾の政治犯を救う会」は、翌一九九四年二月二〇日に解散しました。

八・一五集会での発言

林さんは在日中、自身の訴訟のほか、「台湾の政治犯を救う会」に尽力し、さらに台湾人元日本兵の補償問題にも取り組みました。八月一五日に開かれる反戦集会にもしばしば参加して、「日本人として戦争を強いられた台湾人」の立場を訴え続けていました。その内容は十分納得できるものなのですが、いつも激しい口調になるため、なかなか受け入れられず、それでまた苛立ちを深めていたと思います。

一九七二年の八・一五集会（国民文化会議主催）の討論における林さんの発言が、『新日本文学』（同年一〇月号）に掲載されていますので、引用してみましょう。この集会には私も参加しています。

林景明　私はなぜここへきて毎年同じことを訴えなければならないのか。私は台湾から日本へきて十年、原爆の問題にしても軍国主義の問題にしても、毎年きいてきました。しかし状況は変っていません。われわれは十年間平和運動をやってきた、ということだけで、みんな満足しているのではないか。そのうちに日本の軍国主義はどんどん発展し、平和運動は現状維持です。これは非常におそろしいことだ。皆さんがここに集まり講演をきいて満足していたら、平和運動はもう十年たってもこのままでしょう。しかし日本の軍国主義は同じところにたち止まっていません。私のいいたい第一点はこのことです。

第二点は（中略）私が台湾に帰らないのは、台湾独立論を書いたため、帰れば死刑になるからです。そこで二年前、私は訴訟に訴え、同時に『知られざる台湾』という本を書きました。しかし、私の退去令を公然と取り消せという声はおこらず、そればかりか去年のこの集会で、みなさんが軍国主義に本当に反対するなら、私の退去令取り消しに協力して下さいと訴えたのに、協力してくれる人は一人もありませんでした。あなた方が私を助けないのは、戦争中の人びとのようにだれかにごまかされているか、それとも中国との国交回復を前にして台湾人を避けて通ろうとするのか。（中略）私が日本政府に殺されそうだ、助けてくれ、といってもついに動かなかった。だとすれば、あなた方はあなた方の利益のために私を殺そうとしているわけです。私は今日は話を聞きにきたのではない。この疑問について司会者に答えていただきたい。

司会者は「答える立場にない」とかわしましたので、会場からそれを非難する声などが上がりました。が、林さんの意見自体に賛同する発言はありませんでした。私は自分に発言の順番が回ってきたとき、林さんの発言にふれて、当時の自分のスタンスを以下のように述べています。

谷民子　私は「蓮見さんのことを考える女性の会」（→七七頁）に参加しています。さっき林景明さんの発言について紛糾がありましたが、林さんの思想についての賛否はともかく、日本の国家権力から迫害を受けているのに、一カ月一度の入管出頭日に彼についてゆく人もなく、公判の傍聴者も二、三人ときいて、あんまりだと思いました。私達が蓮見さんのことを取り上げたのも同じような人権問題がそこにあるからです。（後略）

ここで述べているように、私が、林さんの件をはじめ入管問題に携わったのは、人権に無配慮な法務省の対応に問題を感じたからでした。

再来日

林さんは帰台して、母国で本を出したりしていましたが、その後、再び来日。出版などの活動を続けて、二〇一六年二月一五日、友人たちに見守られて亡くなりました。遺骨はしばらく練馬区の霊園に収められ、二〇一七年四月一七日に台湾の姪御さんに抱かれて帰台し、ご家族の墓地に葬られたとのことです。その前夜、ＪＲ水道橋駅近くの居酒屋で昔の仲間（手塚登士雄さん、渡田正弘さんなど）が集まってお別れの会を催し、私も出席しました。林さんが再来日して日本で生涯を終えられたことは傷ましく思いますが、日本人の理解者たちが現在でも少なからずいて、林さんの死を悼んでいることは、林さんにとってよかったと思います（「林さんを囲む会」は現在もアーカイブのために続けています）。

林さんを支えた人たち

林さん支援の功労者は、まず原文子さんだと思います。林さんから原稿を預かったある学生が、それを持って原さんのところに相談に来たのだそうです。原さんは三省堂の社長に手紙を書いて原稿の出版を打診し、それで前掲『知られざる台湾』の出版が実現しました。ちなみに、そのときに担当した編集者は、「林さんを囲む会」の会合などがあると顔を出してくれました。また林さんの裁判を担当してくださった大野正男弁護士にも、三省堂のルートを通じて話がいったのでしょう。大野弁護士はじめ、こうした裁判に関わった弁護士たちは、無償で引き受けてくださったものと思います。

原さんは戦前、台北第一高等女学校を卒業された方です。林さんの退去令取り消しを求めて法務大臣宛の請願書の署名運動を一人で始め、台北在住時の友人知人にも手紙を書いて協力を呼びかけました。また一九七〇年から退去令が取り消されるまでの二年間、小関明良さんとともに「林景明支援連絡センター」の名で毎月通信を出していました（↓九八頁）。小関さんがガリを切り、原さんがガリ版で刷って、それを私が目黒区の原さんのお宅へ受け取りに行って持ち帰り、宛名書きをして一〇〇通ほど発送していました。一九七二年には林さんの二冊目の著書『台湾処分と日本人』を「林景明氏支援の会」の名で自費出版（初版三〇〇〇部）しましたが、この本は翌一九七三年に、旺史社から再版されました。

在韓被爆者　孫振斗《ソン・ジンドゥ》さんの支援（関わった時期：一九七〇～七八年）

一九七〇年一二月三日、孫振斗さんが韓国から密入国をして佐賀県串浦漁港で逮捕され、唐津署に連行されました。孫さんは一九二七年大阪に生まれ、広島で被爆しています。戦後、家族三人は韓国に帰りましたが、孫さんは日本に残り、一九五一年になって韓国へ強制送還された経緯があります。在韓被爆者の実状を知っていた「やきいもの会」は、孫さん逮捕のニュースを聞くとすぐ各地の市民の会と連絡して「東京市民の会」の名でビラ撒きをしました。前述したように（→七〇頁）、「やきいもの会」のメンバー二人が韓国へ行って被爆した方々から聞き取りをしていましたが、このとき「東京市民の会」の連絡先になったのは、その二人とは別の下山満智子さんです。

一九七一年一月、孫さんに対する佐賀地裁唐津支部の判決は、入管令違反で懲役一〇カ月でした。同年六月七日に控訴棄却となり、孫さんは福岡刑務所に収監されましたが、八月一二日に刑が執行停止されて、国立療養所福岡東病院に入院しました。理由は、悪化した結核の治療と原爆症の疑いのためとなっています。後に広島の日赤病院に転院しました。そして一九七二年三月から、「被爆者健康手帳」の交付を求めて孫さんの裁判が始まり、一九七三年一〇月には「退去強制令書」の取消しを求めて提訴しました。長い裁判になりました。「市民の会」の活動は、広島、大阪、長崎、福岡の方々が多く担われました。「東京市民の会」は下山さんに代わり、著述業の中島竜美《たつみ》さんがずっと担われました。韓国被爆者団体の辛泳洙《シン・ヨンス》さんが東京に来られたときには、彼の宿泊に自宅を提供されたと伝え聞きました。「東京市民の会」は厚生省や法務省との交渉などもしていました。私自身はビラ撒きをしたり、機会を見つけて活動をPRする程度でしたが。

被爆者健康手帳交付を求めた裁判では一審、二審（一九七五年七月一七日）とも勝訴しましたが、あろうことか国は上告しました。しかし最高裁第一小法廷で、岸盛一裁判長の判決により勝訴が確定し、福岡県から手帳が交付されました。この成果は後に、在ブラジルの日本人被爆者にもおよびましたし、韓国などからの来日治療の道も開きました。

私はこの最高裁判決が嬉しくて、その記事が載った一九七八年三月三〇日（木）の朝日新聞の夕刊をずっと保存していました。その後（一九九六年）自分も年を取ったと感じて、中島竜美さんに「若い人にあげてください」と書いて、この新聞をお送りしました。すると返事が来て、「今、福岡の伊藤ルイさんのお葬式から戻ったところです」とありました。伊藤ルイさん――大杉栄とともに憲兵によって殺害された伊藤野枝の娘さんです――は

「福岡市民の会」の代表をされていました。孫振斗さんの晩年には、体の弱られた孫さんの面倒を見てくださったと聞いています。

孫さんは二〇一四年に福岡で亡くなりました。「東京市民の会」は現在も「在韓被爆者問題市民会議」として活動を続けています、私はもう名前だけの会員ですが。

入管体制を知るための会（関わった時期：一九七一年〜七五年）

一九七二年に「出入国管理法案」の「管理」の二文字を除き、「出入国法案」が三たび国会に上程されました[5]。前述したように当時の出入国管理令そのものに問題があったうえ、改正案はさらに外国人の権利を制限し、規制を強化して、強制送還しやすいように改悪する内容を含んでいました。そこでその前年一九七一年五月に、それまで在日韓国人・朝鮮人・中国人の問題に関わってきた人たちで「入管体制を知るための会」をつくり、六月から月一回、渋谷区の千駄ヶ谷区民会館で入管法に関する講座を開きました。この講座には、当事者——在日アジア人および彼らと直接関わりを持った日本人——が問題提起することにより、実感をもって入管体制について把握する、という意図がありました。講座の内容は以下の通りです。

第一回　アジア人留学生から見た日本
第二回　在日中国人と日本
第三回　金嬉老裁判と日本人
第四回　在日朝鮮婦人の半生
第五回　入管法案の問題点
第六回　在日朝鮮人・中国人の就職差別
第七回　朝鮮人被爆者の問題
第八回　朝鮮高校生への暴行の背景
第九回　在日朝鮮人の民族教育
第一〇回　出入国法案の検討

以上の講座には毎回一〇〇人を超える受講者が集まりました。また入管体制や改正法案の問題点をわかりやすくまとめた『入管体制を知るために　外国人の人権の確立と擁護』（三改訂版、一九七二年）という小冊子を発行しました。すでに同様の行動をしていた「東京ＹＷＣＡ留学生の母親委員会」と共著です。出入国法案全文を別冊付録にして、定価二五〇円。ポケット版ですので、便利で役に立ち、好評でした。私は、第2章の「朝鮮人被爆者」の項を受け持ちました。

国籍法研究会（関わった時期：一九七五〜九五年）

一九七〇年頃から、「劉さんに在留許可を！　婦人連絡会」（→九三頁）を通じて知り合ったメンバーで集まって話し合うことが増えました。山之内萩子さん、内海愛子さん、石田玲子さん、中村ふじゑさん、安江とも子さん、田中宏さんなど、「入管体制を知るための会」とほぼ同じ顔ぶれです。場所は文京区のアジア文化会館か、誰かの家でした。この会を「国籍法研究会」と呼んでいました。出入国管理法による入管体制は、国籍法と密接に関わっていますから、自然に国籍法にも関心が広がったのです。すでに述べたように一九五二年の主権回復と同時に、国籍法により内地国籍をもたない旧植民地の人々を外国人として切り離したため、在日の人たちには入管法に関わる問題のほか、健康保険や年金など社会保障上のさまざまな問題が生じていました。

また、当時の国籍法が父系優先血統主義をとっていたことも大きな問題でした。ことに沖縄において外国人を父とする子ども（父の多くは駐留米国軍人・軍属、母は日本人の結婚による）が無国籍となるケースが少なからずありました。アメリカの国籍法は出生地主義を原則としており、国外で生まれて母親が外国人の場合、アメリカ国籍取得のためには、アメリカ人である父親が一〇年以上（うち五年間は一四歳以上で）アメリカ国内に住んでいることが必要でした。しかし沖縄駐留の米兵は二〇歳前後の若者で、この条項を満たさない場合が多かったのです。一方日本の国籍法は当時、父系優先血統主義を取っており、外国人男性との間に生まれた子どもには、母親の国籍を継承させることができません。そのため生まれた子どもは無国籍になります。

この問題を調べるため石田玲子さんは沖縄まで出向いて、無国籍児の支援をしている人に会い、私たちはその報告を聞きました。後に私は議員会館の土井たか子さんの部屋で偶然、その方とお会いしたので、少しカンパをしました。土井さんは一九七七年三月、国会で初めて「父系優先血統主義は日本国憲法の男女平等に違反するのではないか」と問題提起しました。そして「女性として、また、憲法の研究者として、国籍法に取り組んでいくことを決意した」と述べています。(6)

その頃から、国際結婚をした方たちが、国籍法の父系優先血統主義を父母両系血統主義にする必要性を訴えて、議員会館の土井さんの部屋にたびたび集まり、一九七九年に「国際結婚を考える会」（代表はガルシア和美さん）を発足しました。シャピロ・エステル・華子裁判(7)（一九七七年提訴）や杉山悦子・佐保里裁判(8)（一九七八年提訴）など、母親が子どもに日本国籍を取得させることを求めて裁判を起こしたのも、その頃のことです。二つの裁判は一括して行われ、弁護団も同じでした。

ガルシア和美さん、清水千恵子さん、デレウゼ好子さんなど「国際結婚を考える会」の方々は、多くのエネルギーを投じて、国籍法が改正されるまで活動されたと思います。この会は土井さんの部屋を拠点にして活動していました。もちろん土井さん自身も尽力しています。土井さんが委員会でこの件について質問をしたときには、石田さん、安江さんとともに、私も傍聴に行きました。

一方、一九七九年の国連総会において「女性差別撤廃条約」[9]が採択され、日本政府は当初、父系優先血統主義と矛盾するため条約に署名・批准することを渋っていましたが、翌年コペンハーゲンで開かれた第二回世界女性会議（国連主催）で、当時のデンマーク大使高橋展子さんが日本政府代表として署名しました。日本国内の条約署名への強い要望──土井たか子さんはじめ、「国籍法研究会」の安江とも子さん、「国籍法改正について提言するグループ」の石田玲子さん、内海愛子さん、田中宏さんなどの尽力、また私たちもこのグループの一員として衆参法務委員会の議員一人一人に、自筆で申し入れ書をしたためて送付しました──もあってのことと思います。[10] この世界女性会議には土井たか子さん、五島昌子さん、近藤ユリさん（→一三二頁）も参加していました。

条約署名を受けて、政府は条約批准に向けた国内環境の整備に入り、国籍法の改正作業にも着手。一九八三年二月に国籍法改正のための中間試案の発表が行われ、一九八五年一月一日から施行されました。こうして父系優先血統主義は、父母両系血統主義に改められましたが、現在でもまだ二重国籍や婚外子など、国籍で苦労する人たちはいます。

在日韓国・朝鮮人の国民年金を求める会（関わった時期：一九七七～八三年）

一九七七年には、国民年金法（当時）の国籍条項(11)をめぐり、東京都荒川区在住の韓国人金　鉉釣《キム・ヒョンジョ》さんを支援する運動に関わりました。

国民年金が保険料の徴収を開始した当初（一九六一年）、荒川区役所の年金係の人が来訪して「あなたも年を取れば、年金があった方がいいよ」と勧誘したのに従って、金さんは一二年間にわたり月々の積み立て額を支払いました。ところが、満期になって年金の申請をすると、「日本国籍でない人には年金を支払えないので、積み立てた金額を返還します」と言われたのです。妻の李奉花《イ・ボンファ》さんも区役所に出向きましたが、やはり韓国籍を理由に断られました。つまり誤適用を理由に、年金の支給を断られたのです。金さん夫妻は納得できません。そこで弁護士の近藤康二さんと伊藤まゆさんが代理人となり、一九七七年二月に東京都社会保険審査官に審査請求をしました。また参議院社会労働委員会で、社会党議員がこの件に関して質問をしています。

同年一〇月三一日、金さん夫妻を支え、この問題を運動として広げるために「在日韓国・朝鮮人の国民年金を求める会」[12]が発足しました。一二月一三日には厚生省の社会保険審査会の公開審議が行われ、キリスト教婦人矯風会の山谷新子さんや若い人たちとともに、私も室外で結果を待ったのが、この問題に関わった初めです。一九七九年七月二〇日に、金さんと弁護団（近藤康二、伊藤まゆ、佐藤博史）は地裁に提訴しました。韓国籍のままで初めて弁護士の資格を得た若い金敬得《キム・キョンドゥク》さんも弁護団に参加。「求める会」には日韓の若者が集まり、署名運動や学習会を開いています。「国籍法研究会」の田中宏さん、内海愛子さんも協力しました。

国会でも、一九八一年二月二八日の衆議院予算委員会で社会党の土井たか子さんが質問に立ち、同年五月一四日の外務委員会に参考人として田中宏さんを招いて土井さんが質問。同月二七日の衆院法務委員会・外務委員会・社会労働委員会の連合審査会でも、土井さんが質問しています。石田玲子さん、安江とも子さんと私の三人は、土井さんが質問した委員会を毎回傍聴しました。当時の厚生省年金局企画課長の長尾立子さんの答弁を思い出すと、今でも腹が立ちます。曰く「私どもは国民の皆様からの大切な税金をお預かりしておりますので、外国人に特例を設けることはできません」。

裁判は一審では敗訴しましたが、控訴審の倉田卓次裁判長は理解のある方なので、若い弁護士ががんばって弁論し、「国が約束したことは、取り消すことはできない」という

「確約の法理」、信頼の原則を主張しました。この主張が認められて逆転勝訴（倉田裁判長は結審後に退官）、国は上告せず、一九八三年一一月三日に確定しました。こうして金さんは年金の支給を認められ、併せて同様の状況の韓国籍の人も権利を有するという判決になりました。ちょうどこの時期、国は難民条約加入を前にして、年金法の国籍条項に関する改正を迫られていました（一九八二年一月に撤廃）。途中から別の裁判になっていた豊田金次（金南寿《キム・ナムス》）さんも同年末、年金が支給されたとのことです。

この運動には日韓の若い人たちと若い弁護士たちの長い間の努力があります、七七年から八三年にわたり、年金の国籍条項の撤廃という難問題に挑んだのですから。私のしたことと言えば、霞ヶ関の改築前の裁判所での公判の傍聴と、すぐ裏の古い弁護士会館の木の階段を上って報告会に出たことくらいです。そのとき金さんと李さんに接し、お人柄にふれることができました。また、運動に関わった若い日本人青年と、韓国籍の女性が川崎の教会で挙式し、そのあとに賑やかなお祝いの会が催され、山谷新子さんや近藤ユリさん、私も参加しました。

私にとって忘れてはいけない人

穂積五一先生

穂積先生（一九〇二—一九八一年）は新星学寮（戦中は至軒寮と称した学生宿舎）を運営し、一九五七年に新星学寮内にアジア学生文化協会を創設、一九六〇年にはアジア各地から来日した留学生・研修生のための宿舎としてアジア文化会館（文京区本駒込）を設立されました。新星学寮は東大赤門近くにあり、アジアからの留学生とともに日本人学生も住み、先生ご一家もいっしょに生活されました。新星学寮（至軒寮）からは、村山富市元首相や田中宏さんなど、多くの人材を輩出しています。また、「入管体制を知るための会」や「国籍法研究会」の勉強会で、アジア文化会館の会議室を使わせていただいたこともありました。

先生が食を断って亡くなられたと聞き、密葬が行われた新星学寮に行きますと、いろいろなところ——例えば劉彩品さんの支援や入管関係の講座など——でお会いしたことのある方々がすでに集まっていて、皆さん悲しんで言葉もないという感じでした。アジアの各地（タイ、パキスタン、韓国など）で追悼会が営まれ、ブラジルのサンパウロでも追悼ミサが行われたそうです。先生の真意はわかりませんが、通産省（当時）の海外技術研修生の拘束契約制度の廃止を強く主張されていたことと関係があると思われました。これは留学後、現地の送り出し企業（多くは日系）に必ず就職するという、企業論理を背景とした制度でした。

先生は一人一人にお優しく、劉彩品さん一家が南京から来日して六年ぶりに先生を訪ねたときにも、本当に喜んで迎えられました。天城山で心中された愛親覚羅慧生さんからも身の上相談を受けたということです（一九五七年に起きたこの事件はスキャンダルとなり、先生のご心痛は深く、半年間は何もできなかったそうです。一九六一年に二人の書簡集が発刊され、その「あとがき」(13)として初めてお考えを述べています）。こうしたエピソードからも留学生たちから信頼され、慕われていたことがよくわかります。私は穂積先生と直接にお会いすることはありませんでしたが、劉さんや田中宏さんを通じて、またアジア学生文化協会の機関誌『アジアの友』や記念出版された本を読んで、その生き方や姿勢を大変尊敬しています。こうして先生の影響を受けた人たちが、その遺志を引き継いでいくのだと思っています。

金敬得《キム・キョンドゥク》弁護士

一九七七年三月、「外国籍であっても司法修習生に採用する」という最高裁の決定を新聞で読んだとき、嬉しくて興奮したことを思い出します。金敬得さん（一九四九―二〇〇五年）は早稲田大学を卒業する頃まで、金沢という通名で過ごしていましたが、日本社会の国籍差別に憤りを感じて本名で司法試験に臨み、一九七六年一〇月に合格しました。しかし最高裁事務総局から、日本に帰化申請することを条件として司法修習生に採用するという通知を受けたのです。金さんは自らの国籍を変えることに納得できず、最高裁に請願書を提出。幼方《うぶかた》直吉先生や田中宏さん、原後《はらご》山治《さんじ》弁護士を中心に「支援する会」も結成されました。金さんは自らのアイデンティティを縷々述べた力強い意見書を最高裁に提出し、「支援する会」もたびたび意見書を提出しています。

主張が認められて、外国籍弁護士第一号となった金さんは、後進に道を開きました。それから原後法律事務所に所属して、忙しい日々を過ごします。後に独立してウリ法律事務所（新宿区四谷三丁目）を開設しました。その部屋で「国籍法研究会」が開かれるようになって、私も彼に会う機会が増え、彼の目指しているもの――在日韓国人の権利擁護にとどまらず、多くの民族が共生する社会を築くこと――に強く共感するようになりました。しかし残念なことに、道半ばにして亡くなられてしまいました。私は、彼の願いだった民族共生の志をずっと持ち続けたいと思っています。その後、有志により追悼集が出版され（『弁護士・金敬得追悼集』新幹社、二〇〇七年）、私も「民族共生を目指して」と題して寄稿しました。

5

「アジアの女たちの会」での活動

「アジアの女たちの会」に加わる（関わった時期：一九七七〜九四年）

一九七三年一二月一九日に韓国の金浦《きんぽ》空港で、梨花女子大学の学生たちが、大勢の日本人男性がキーセン観光にやって来ることに対して、抗議行動をしたという報道がありました[1]。その少し前に、日本キリスト教協議会の山口明子さんや、日本キリスト教婦人矯風会の高橋喜久江さんが訪韓して視察し、これはひどいという報告をしたそうです。そして同月二五日に羽田空港で、日本の女性グループが「キーセン観光に反対する女たちの会」の名称でビラ撒きをしました。これが「アジアの女たちの会」の発端です。私は事前に知らなかったので、このときは参加していません。

その後、一九七七年三月一日に「アジアと女性解放――私たちの宣言」をアピールして、「アジアの女たちの会」[2]を発足させました。三月一日という日を選んだのは、一九一九年三月一日に日本統治下朝鮮で起きた三一独立運動において逮捕され、獄中で死亡した柳《ユ・》寛順《グァンスン》[3]という一七歳の女子学生の精神に応えようとの思いからです。「宣言」では加害国の女性として同じ過ちを繰り返さないという決意を、以下のように述べています。

「アジアと女性解放　私たちの宣言」(4)

日本が明治維新以来なしとげた「近代化」は、すなわちアジア侵略の歴史であり、この百年の間を生きてきた女たちもまた、侵略に加担したアジアへの加害者であった——。この事実を、私たちはいまようやくたたかうアジアの女たちから学びつつあります。

自立と解放を願いつつも、国是とされた富国強兵策の下で、日本の女たちは、「女工哀史」に代表される安価な労働力として日本資本主義の発展を支え、銃後の守りとしての侵略戦争の一翼を担ったのでした。封建的家父長制のもとで、自らの人生を選ぶことも許されず、差別され、抑圧され、忍従の生を強いられながら——。

敗戦後の日本は、アメリカ陣営の一員としていち早く復興をなし遂げ、朝鮮、ベトナムで流された血の上に高度経済成長の時代をつくり上げました。この時代を生きている私たちは、祖母たち、母たちとどれほど違う生を生きているでしょうか。女であるが故の差別、抑圧は、今なお私たちの周囲にいく重にもはりめぐらされています。国内では自立した生き方をはばまれながら、アジアにたいしては、経済侵略の一端を担わされる——こうした今日の女の状況は、実は、戦前の女のあり方と本質的にどこがちがうでしょうか。

今日、東南アジアや韓国など第三世界で、女たちは、民族の解放と女の解放ふたつのたたかいに起ち上がっています。このふたつは切り離せないことを彼女たちは私たちの前に示しています。

一九七五年、国際婦人年メキシコ会議の席上で、第三世界の女たちは、「もっとも差別されている女性とは、子どもたちにパンも教育も医療も与えてやれない母親たちである」と叫びました。この声に私たちは耳をふさぐことは許されないのです。なぜなら、このような飢えをつくり出しているのは、日本も含めた先進工業国であり、世界中の市場の独占をめざす巨大企業なのですから。

かつて、中国、朝鮮半島をはじめアジアの国々で、焼き、殺し、奪い、女たちを犯す侵略の先兵となったのは、私たちの肉親であり、友や、恋人でした。そして今、私たちはこれ以上夫や恋人を経済侵略、性侵略の先兵として送り出す女たちであり続けることは拒否しようと思います。この決意なしには、私たち自身の解放は決して現実のものにならないでしょう。私たちはいまここで、アジアの姉妹たちに深い謝罪の気持ちを表すとともに、彼女たちのたたかいに学び、連帯する日本の女たちのたたかいをつくり上げる決意を新たに、出発することを宣言します。

朝鮮の女たちが、日本の支配に抵抗し生命をかけた三一独立運動の記念すべきこの日、新たな一歩を踏み出さんとする私たちは、このたたかいの輪を、しっかりと広げていきたいと思います。

一九七七年三月一日
富山妙子　湯浅れい　松井やより　山口明子　安藤美佐子　五島昌子　加地永都子

この宣言に署名しているのは、富山妙子（画家）、湯浅れい（婦人民主クラブ）、松井やより（朝日新聞社）、山口明子（NCC→一三二頁）、安東美佐子（毎日新聞社）、五島昌子（土井たか子議員秘書）、加地永都子（アジア太平洋資料センター）の七人。代表は置かず、賛同する女性たちに「みんな集まってください」と呼びかけてできた会です。

私もこの会に参加して、松井やよりさんに再会しました。かつて沖縄返還に伴う密約の問題で一九七二年四月一三日の夜、共立講堂前で初めて彼女に会って（→七九頁）、それから――あくまで市民の立場からですが――蓮見裁判に深く関わりました。ここで再び松井さんに出会って、今度は「アジアの女たちの会」を通して、松井さんの活動にどっぷりと浸かることになりました。

この会では韓国や中国、台湾ばかりでなく、タイやベトナム、インドネシアの東チモールなど、広くアジアの問題に視野を広げていました。当時の写真を見ると、石田玲子さん、安江とも子さんなどの顔もあります。

女大学、定例学習会、夏合宿

女大学

「アジアの女たちの会」では発足当初（一九七七年四月）から、「女大学《おんなだいがく》」と称して、連続セミナーを開催しました。各月の第三水曜日、午後六時〜八時半。毎回テーマを定めて報告や講演をします。第一回は鶴見良行さん（アジア研究者、アジア太平洋資料センター設立メンバーの一人。鶴見俊輔さんは従兄）を招いて「アジアとの出会い方」をテーマにお話しいただきました。

第二回以降、例えば一九七七年の開催は以下の通り。(5)

第二回　五月一八日「経済侵略と女性」（北沢洋子）
第三回　六月一五日「性侵略——この現実　ペナン集会からの報告」（松井やより他）
第四回　七月二〇日「在日アジア人女性との対話　ベトナム・マレーシア・在日韓国人の女性たちと」
第五回　九月二七日「第三世界の構造」（西川潤）
第六回　一〇月一九日「解放の美学」（富山妙子・画家　高橋悠治・ピアニスト）

第七回　一一月一六日「アジアの近代化と女性の地位――タイを中心として」（涌井由美子、大塚仁子）

第八回　一二月一四日「アジアの国々に暮らして　インド、スリランカ、ビルマ、インドネシアから」

新聞の催し欄にも、記事として掲載されましたので、毎回一般の人を含めて四〇～五〇人程度の参加者が集まりました。会場は渋谷区の勤労福祉会館二階の会議室で、渋谷区民の松井やよりさんが部屋の予約をしていました。スピーカーの依頼は、松井さん、内海愛子さん、石田玲子さん、五島昌子さんたちがしていたと思います。単なる知識や評論ではなく、運動の当事者から活動をお聞きすることが多かったので、最新情報を得ることができました。例えばＯＤＡ（政府開発援助）の問題点や、日本企業の経済進出による現地の環境破壊に関する話もありました。途上国では規制が整っていないことに乗じて、汚染水の垂れ流しなど、日本国内では許されない行為が行われている実態も報告されました。

私は当日会場でお茶の準備をしたり、入口で会費を受け取ったり。また終了後は、きっかり午後九時までに会館を退出しなければいけないので、手早く後片付けをします（当時は灰皿も出していました）。スピーカーの方に謝礼はお渡しできませんでしたが、終了後に渋谷公園通りの中華料理や韓国料理の店で軽い食事を共にして、おしゃべりをしました。

参加者はたいてい一〇人くらい残って、講師の分も含めて割り勘で支払いました。講演内容はテープに録音し、誰かが文章に起こしてプリントし、機関誌『アジアと女性解放』でも報告しました。

定例学習会

会員による定例学習会も開いていました。定例学習会は月に一回、日曜日の午後に開き、毎回五、六人から一〇人ほどの会員が参加しました。持ち寄ったものを飲食しながら、リラックスして報告や意見交換をしました。外部からスピーカーを招くこともありました。例えば（少し後になりますが）一九八二年下半期の開催は以下の通り[6]。

六月二六日　「ある女の戦争体験ＰＡＲＴⅠ」
七月三〇日　「ある女の戦争体験ＰＡＲＴⅡ」
九月二五日　「在日朝鮮人女性に学ぶ」
一一月二八日　「現代帝国主義」（武藤一羊）

六月、七月の「ある女の戦争体験ＰＡＲＴⅠ、Ⅱ」は私が担当しました。あまり構えた会ではなく、若い会員向けに私自身の戦争体験を伝えたのですが、これは同年八月七日に予定されていた「八・一五とアジア――戦没者追悼の日に反対する」集会（→一四三頁）に向けての準備の意味もありました。一一月の学習会には武藤一羊さん（アジア太平洋資料センターの設立メンバー、初代代表）を招いて「現代帝国主義」をテーマにお話を聞きました。武藤さんとは初期の頃からお付き合いがあります。一九七九年三月一〇日に創立二周年集会を催した折には、東一《トンイル》紡織の女子労働者の闘いを劇にしてみんなで演じたのですが、武藤さんは会社側の役で参加しました。

夏合宿

また年に一度、八月に二泊三日の予定で夏合宿を企画しました。開催地は軽井沢、熱海、箱根強羅、東伊豆、天城山荘など。宿泊先は五島さんが社会党ルートで予約してくださったと思います。泊まりがけですから、地方からの参加者もいて毎回五〇～六〇人くらい。

初めての合宿は一九七七年八月二七日から三日間、富士の西湖民宿村で開催、四九人が参加して報告と討議をしています。(7)また、一九八一年は「戦争と私たちとアジア」をテーマに、熱海にあった国鉄動労の保養所で行いました。このとき私は事前に熱海に出向いて保養所の場所を確認し、駅からの地図づくりを引き受けています。また、私はたいてい小さい子どもたちのお守りを引き受けて（若いお母さんは子ども連れでないと外泊できないので）、子どもたちが庭先の浅いプールなどで遊ぶのを見守りました。ですから、すべての話し合いに参加したわけではありません。宿泊の部屋割りが工夫された組み合わせになっていて、私は仙台市在住の在日韓国人女性と同室になりました。この合宿の帰りに何人かで海に入って、クラゲにやられたことを覚えています。翌一九八二年も同じテーマで夏合宿をしました。場所は東伊豆の熱川にあった全電通組合の保養所で、プールもありました。

確か一九八三年の合宿のときでしたか、参加者の話し合いの輪に、「慰安婦」の取材をしているという男性が短時間加わったことがありました。彼は軍が慰安所を設営したことに関して「男はガマンできない」と言ったので、私は「女はどうなんですか。村の女は眠れない、というのもありますよ」と切り返したことを覚えています。当時、日本人男性は買春という行為を恥じていませんでした。男性だけでなく、その妻も同様に「素人の女性はダメだけど、商売の女性ならよい」という考えを持つ人が少なくなかったと思います。

「買春観光反対」集会とデモ行進（関わった時期：一九八〇年一一月二九日）

一九七七年一一月二八〜三〇日、第一回日本・国際観光会議が東京で開催され、台湾の精華旅行社の林秀格社長も来日して出席しました。林社長は三年前から日本の業界誌に、「旅行業者の皆様におうかがい申し上げます。恥という字をご存知ですか」という意見広告を長期掲載していました。[8] 松井やよりさんが来日した彼を取材して記事にしています。[9] このとき林社長は渋谷区桜丘の「アジアの女たちの会」の事務所を訪れました。恐らく松井さんと信頼関係があったため、立ち寄られたのでしょう。私も含めてたまたま居合わせた数人で迎えて、お話を伺いました。その内容に共感して、私たちは買春観光に反対する行動を準備し始めます。

一九八〇年一〇月六日の朝日新聞に「マニラ醜悪旅行」という見出しで松井さんの記事が掲載されました。同月二二日、二九日の衆議院外務委員会では土井たか子さんが、日本男性の買春旅行について取り上げ、外務大臣や運輸省の担当官、日本旅行業協会会長などに対し実態を追及しています。[10][11]

そして同年一一月二九日、「アジアの女たちの会」が主催して、東京駅八重洲口近くの国労会館で「買春観光反対」の集会をしました。会の発起人の一人、画家の富山妙子さんが、林社長の意見広告から発想して、日本航空の鶴のマークの中に大きく「恥」の文字を入れた幕を制作し、会場の舞台正面に掲げて集会のシンボルにしました（日本航空からの抗議等はなかったと思います）。またスライドを使って買春旅行の背景を説明したり、寸劇にして見せたりしました。

集会後には、国労会館から銀座の数寄屋橋を通って、新橋駅近くの土橋まで約四〇〇名でデモ行進しています。その夜のテレビニュースで、各局が集会やデモの様子を報じていましたから、パンチの効いた企画だったと思います。
この集会とデモの申請をするために、私は事前に警視庁と丸の内警察署に出向きましたが、意識して少しよい身支度をしました。Gパンなどラフな身なりで行くと、相応の扱いになるのです。そのとき同じ部屋に、和田春樹さんたちが「金大中氏を殺すな」のデモ申請に来ていました。

市民運動「金大中《キム・デジュン》氏を殺すな」「金大中氏らに自由を」

（関わった時期：一九八〇～八三年）

一九八〇年五月一八日、戒厳令下の韓国から光州事件[12]のニュースが伝えられると、「アジアの女たちの会」は韓国の民主化運動を支援する立場をとっていましたから、すぐに反応しました。事件直後に開かれた報告集会に、私も含めて「アジアの女たちの会」のメンバー一〇人が参加し、全員が黒い服を着て白い花を持ち、ステージに並んで光州の犠牲者に哀悼の意を表しました。この時点ですでに金大中氏らは連行されていましたが、政府転覆を図ったとして軍法会議の検察部に送検され、死刑の可能性もあると伝えられたのは、七月に入ってからでした。ですから、この集会が開かれたのは「金大中氏を殺すな」の運動の前だったと思います。

光州事件は日本でも大きな衝撃をもって受け止められ、私たちの間でもいろいろな動きがありました。画家の富山妙子さんはテレビニュースの光州事件の映像（当時、これはドイツのテレビ局が撮影したものと聞きました）からイメージして「倒れたものへの祈祷――一九八〇年五月光州」という一連の版画作品を制作しました。これをグリーティングカードやポストカードにして販売し、売上金を寄付しています。これらの版画は、高橋悠治氏の音楽とともにスライド作品として発表され、広く世間にアピールしました。

また韓国にいたドイツ人宣教師が秘かに光州事件の様子を撮影して、その写真を持って来日し、「日本キリスト教協議会」（National Christian Council in Japan、略してＮＣＣ）に持ち込んでいます。ＮＣＣの「韓国問題キリスト者緊急会議」（一九七四年発足、代表はＮＣＣの中嶋正昭牧師、事務局をＮＣＣ内に置く。私たちは略して「韓キリ緊」と呼んでいました）は、その写真を編集して一六頁の写真集をつくり、『韓国通信』臨時増刊号として発行しました。「アジアの女たちの会」の近藤ユリさんは、第二回世界女性会議（↓一一一頁）で、その写真集を配布しています。

そのドイツ人宣教師と思われる方が、私が参加した「金大中氏を殺すな」運動の集会やデモを動画に撮影しているのを見ました。小学生ぐらいの彼の息子さんが、撮影器具の入ったキャリーバッグを引いて並んで歩いていた姿を覚えています。後に彼が撮影した写真は編集されて、運動の最後の頃、一九八三年一月二一日（金大中氏が出獄した後）の集会で披露されたのをみんなで見ました。いっしょに集会に参加した私の娘が、私の姿も映っていたと、あとで教えてくれました。それから間もなく、この方は次の任地へ向かわれたと思います。

ＮＣＣは「韓国問題キリスト者緊急会議」を通して、軍事政権下の韓国の民主化運動を支援していました。「アジアの女たちの会」の山口明子さんはＮＣＣの職員で、「韓国問題キリスト者緊急会議」のスタッフでもありました。

＊

一九八〇年七月一九日午後、金大中氏が軍法会議にかけられることを受けて、「韓国問題キリスト者緊急会議」と「日韓連帯委員会」（青地晨代表）が銀座の日劇前で署名活動を行いました。このとき市川房枝さん、中山千夏さん、青地晨さんなどが、宣伝カーの上から署名を呼びかけました。この日だけで一二〇〇人の署名と一三万円のカンパが集まったそうです[13]。在日韓国人の青年たちも加わって、日韓の二〇代の青年たちが非常に熱心に取り組んでいました。彼らはこれ以前に、金大中氏拉致事件（一九七三年）や年金裁判（→一一二頁）でも共に活動しています。

署名運動の人たちを中心として、初めてのデモは八月三〇日（土曜日）午後に行われました。港区赤坂の檜町公園に集まり、六本木、麻布の大通り、飯倉片町を通り、鳥居坂下から暗闇坂を上って韓国大使館まで。解散は一の橋公園です。その後もこの道を、シュプレヒコールとともに何度デモ行進したことか。私が参加した中では多いときには二〇〇名くらい[14]が集まりましたが、四〇名足らずのときもありました。若者から高齢者まで広い年齢層の人たちが参加していました。

九月一七日には韓国普通軍法会議で、金大中氏に死刑判決が言い渡され、危機が迫っていました。デモでは、「金大中さんを殺すな」のシュプレヒコールを繰り返し、また「We shall overcome（勝利を我らに）」を英語、日本語、韓国語で歌いました[15]。今でもその韓国語を覚えています。

ウリ　スンニ　ハリラ　ウリ　スンニ　ハリラ　ウリ　スンニ　ハリクナレ
オ　チャムマムロ　ナヌン　ミンネ　ウリ　スンニ　ハリラ

また夜、教会での祈禱会が幾度ももたれました。プロテスタントの日本基督教団信濃町教会と、カトリックの聖イグナチオ教会の地下ホール（「日本カトリック正義と平和協議会」と共催）を交替に会場として開かれました。和田春樹さん、清水知久さんをはじめ、キリスト者もまた信者ではない人も参加して、心を合わせ思いを一つにする貴重な時間でした。そのときに必ず歌われたのが次の讃美歌（典礼聖歌四〇〇番）です。

ちいさなひとびとの　ひとりひとりをみまもろう
ひとりひとりのなかに　キリストはいる

一九八一年一月二三日、韓国大法院は一、二審の上告を棄却し、金大中氏の死刑判決が確定しました。しかしその直後、政府は臨時閣議で金大中氏を無期懲役に減刑し、他の一二人についてもそれぞれ減刑を決めました。理由は友好国などからの人道的見地からの意見と、金氏自身の「謝罪の嘆願書」によるとしています。この決定を受けて、私たちの市民運動「金大中氏を殺すな」は、「市民運動　金大中氏らに自由を」と名称を変更しました。

一九八二年一二月に金大中氏は出獄し、病気治療を理由に渡米しました。「市民運動金大中氏らに自由を」は八三年三月まで活動を続けており、前述の一月二一日の集会（↓一三三頁）はこの間に行われたものです。四月二三日に最後のデモ行進が行われたそうですが、私は参加していません。

その後、金氏は一九八五年に帰国、八七年全斗煥退任後に公民権を回復。九八年には第一五代韓国大統領に就任しました。

李愚貞さんとの再会（関わった時期：一九八〇年）

一九八〇年のある日――光州事件の後のことです――石田玲子さんといっしょに、渋谷の山手教会の裏手にあった松井やよりさんの部屋を訪ねました。そこには韓国の李愚貞《イ・ウジョン》さん、松井さん、山口明子さん、そしてもう一人いらしたような気がします。私は李さんの元気な姿に接して、「ああ、ご無事だった。よかった」と心から思いました。以前、李さんが来日されて集会でお話されたのを覚えていたからです。

その集会は、韓国や北朝鮮の代表と、社会党などの婦人議員（田中寿美子参議院議員など、土井たか子さんよりずっと年輩の議員さんたち）他が顔を合わせて、早い時期（一九七四年頃か）に西日暮里の駅前の会館で開かれたもので、私も参加しました。韓国からは李愚貞さんや尹貞玉《ユン・ジョンオク》さん（後に韓国挺身隊問題対策協議会〈↓一五九頁〉初代代表）などが出席。日韓朝の友好や、そのための女性の役割といったことを話し合いました。李さんは七六年の「民主救国宣言」（ソウルの明洞大聖堂で行われた三一独立運動記念ミサの最後に、朴政権を批判する宣言文を読み上げた）にも参加し、政治犯の釈放運動などにも関わっていました。当時、韓国では民主化を目指す人たちは当局の取り締まりの対象となりましたから、心配していたのです。

松井さんの部屋に皆が集まると、李さんは「日本語で話しましょうね」と言われました。私以外は皆さん英語も話せる方々なので、私は「お願いします」という意味で軽く頭を下げました。このときにどういう話を聞いたのかは、もう覚えていません。ただ人の出入りに気をつけて、ＫＣＩＡ（大韓民国中央情報部）と日本の警察の手が伸びることを警戒していたことを記憶しています。

その後、李さんは一九八七年に韓国女性団体連合の初代共同代表として、キーセン観光反対運動の先頭に立たれました。また一九九六年には「アジア人権基金」の第一回土井たか子人権賞(18)を受賞しています。

沖縄の基地の問題（関わった時期：一九八一年〜）

高里鈴代さんは一九八一年に東京から沖縄に移住して、那覇市の婦人相談員、那覇市市議会議員などを務めながら基地の売買春の問題にも取り組みました。沖縄移住前は大島静子さん（↓一八五頁）とともに東京都の婦人相談員を務め、「アジアの女たちの会」では初期から中心となって活動していました。彼女が沖縄に移住するとき、会では箱根の強羅に一泊して壮行会を催し、多数の会員が参加しました。

一九九五年に三人の米兵による少女拉致強姦事件が起きたとき、高里さんは一〇〇名の女性たちの名前を連ねて「基地・軍隊を許さない行動する女たちの会」を結成し、"NO BASE, NO RAPE"を呼びかけました。翌九六年には「アメリカ・ピース・キャラバン」を組んで渡米し、沖縄の状況を訴えました。[19] また沖縄をはじめ米軍基地を抱える日本各地、韓国、フィリピンの女性たちとのネットワークもつくりました。この会の活動は継続されています。私は高里さんが上京して、報告会を開く折にはできるだけ参加していました。

米軍基地の問題は各地にありますが、特に沖縄は基地が集中していますから、米兵の暴力やレイプ、買春、騒音、軍用機の墜落など、現在でもさまざまな問題が日々起きています。私にできることは限られていますが、日比谷野外音楽堂などで、沖縄から大勢の参加者が上京するような集会が催されるときには、足を運ぶようにしています。そうした集会で高里さんが発言されるのを、これまでもたびたび聞きました。高里さんはかつて、上京したときはいつも松井やよりさんの部屋に泊まっていたそうです。

一九九六年の日米合意以後、辺野古新基地や高江へリパット建設問題が持ち上がり、それに反対する「沖縄・一坪反戦地主会」の呼びかけで、毎月第一月曜の夕方、防衛省正門前で集会が行われており、[20] 私は家が近いので行くようにしていました。山口明子さんともよくそこでお会いしました。この集会では、沖縄の安次富《あしとみ》浩さん(沖縄・へリ基地反対協議会共同代表)たちからケータイに電話が入り、その音声をスピーカーで拡大して、語られる現状にみんなで耳を傾けます。それから正門前で防衛省の係官の名前を伺ってから、首相と防衛大臣への申し入れ書を、読み上げた上で手渡します。さまざまな団体の人たちも含めて、たいてい六〇名以上が集まります。大きな問題が起きているときは一〇〇名以上になることもあり、そういうときは公安警察の担当官が七、八名、待ち構えています。

歴史教科書問題（関わった時期：一九八二年）

敗戦後、日本は「戦争はあやまちであった」と公式に反省し、一九四六年の日本国憲法公布により「全ての戦力の放棄」を宣言しました。しかし冷戦開始により、アメリカはそれまでの方針を転換して日本の再軍備を望むようになり、一九五〇年六月に朝鮮戦争が勃発すると、同年八月には警察予備隊（現在の自衛隊）が組織されました。この警察予備隊は憲法に違反するという批判があり、批判をかわして軍備を拡張するため、一九五三年一〇月、ワシントンにおいて池田・ロバートソン会談が行われました。

この会談は日本の学校教育のあり方にも言及し、愛国心を高め、自国の防衛意識を育てる教育方針が合意されました。[21] その影響は一九六三年に家永三郎氏執筆の高校の日本史教科書が、文部省（当時）の教科書検定（一九六二年度）で不合格になったことによって、私たちの目の前にはっきり見えてきたのです。戦時下、国定教科書によって忠君愛国をたたき込まれ、戦争に参加させられた戦中世代の人間としては、先の戦争を「聖戦」「やむを得なかった戦争」などと是認する姿勢が浮上してくるのを黙視することはできません。

一九八二年六月には、文部省が高校の歴史教科書を検定する際、中国への「侵略」を「進出」に、朝鮮の「独立運動」を「暴動」に修正するという問題が起こり、中国や韓国から抗議を受けて外交問題にも発展しました。この年の教科書問題に関する「アジアの女たちの会」の活動について、機関誌[22]の中で私が報告していますので、少し整理補足しながら拾ってみます。

七月三〇日、衆議院外務委員会での教科書検定についての質疑を傍聴する。文部官僚の答弁にはまったくいらいらさせられた。なかでも玉城栄一議員（沖縄選出）が沖縄住民殺害を検定で削った理由を質したのに対し、教科書検定課長は「八〇〇人という数字について確たる資料の提出がなかったから」と答え、県史をも認めないという答弁を繰り返したのには、もう少しで叫び出しそうになってしまった[23]。外務委員会の閉会後、「教科書問題を考える市民の会」が、外務大臣臨時代理として委員会に出席していた宮澤喜一内閣官房長官に抗議文を手渡したが、その様子を中国や韓国のメディアがカメラを回して取材しているのが印象的だった。

八月七日には「八・一五とアジア――戦没者追悼の日に反対する」集会（後述）を、「アジア文化フォーラム」と共催で開いた。政府が八月一五日を「戦没者を追悼し平和を祈念する日」と閣議決定したことに抗議する集会。この決定により、日本軍の犠牲となったアジア諸国の人々への加害意識が抜け落ち、八月一五日を日本人だけを追悼する日にしてしまった。

八月二一日、「アジアの女たちの会」はじめ八つの市民団体が「教科書問題で文部省に抗議する集会」を清水谷公園で開いた。司会は五島昌子さん。集会の中で李仁《イ・イン》夏《ハ》牧師は「今回の批判はアジアの民衆の中から起こってきたものであり、教科書だけの問題ではない。支配者の書く歴史ではなく、民衆の声を聞くことによって真実の歴史を教えることができるのだ」と語った。また八月一四日の東亜日報に載った、朴《パク・》斗鎮《トウジン》氏の「あれほど奸狡な隣人、われらはいまも許すことができない」という日本批判の詩を、和田春樹さんが朗読した。実に痛烈な内容だ。この後、文部省と外務省に向けて約四〇〇名でデモをした。

八月二六日に「政府見解」が出されたが、過去の侵略と植民地支配を明確に認めない姑息なものだったので、二一日の集会に参加した市民団体は急きょ意見をまとめて政府に抗議した。この抗議の内容は、朝鮮日報（九月四日付）に「日本の市民が送ってきた『良心の手紙』」と題する記事で紹介され、「たとえ少数であっても日本にこのような意見があることは、本当の韓日親善の曙光たりうる」と評価された。

九月一八日、「一五年戦争開始の日に政府・文部省に抗議する市民デモ」。デモに先立つ集会で、来日した香港の学生が民衆同士の連帯を呼びかけた。同日、香港では日本軍国主義に反対する一万人集会が開かれた。

こうした一般市民やアジア諸国の声に対して、日本政府は検定を決して後退させまいとする文部省を押し切れず、対応は玉虫色で信用できない。加えて「新聞の虚報が国辱的な外交をとらせた」とする言論人もいて、「売国奴がいる」という暴言まで聞かれる現状では、解決に近づいているとは言えない。しかし、アジアの国々の民衆のナマの声が日本にまで届いたこの半年を振り返ると、皮肉なことだが無駄ではなかったと思う。また毎日のように新聞やテレビで教科書問題が報じられ、その関連で戦争中の侵略の映像なども放映され、戦争体験者は重い口を開いて加害の歴史を語り始めた。戦争を知らない若者たちにとっては、侵略の真実を知る機会になった。国の内と外で呼応して、日本の侵略の歴史を再確認したとも言えるのではないか。

九月四日の『朝鮮日報』に掲載された記事は、私たちの活動に対する韓国メディアの評価です。言わばキャッチボールの球が投げ返されてきたので、私たちとしても嬉しく受け止めました。

「八・一五とアジア――戦没者追悼の日に反対する」集会

（関わった時期：一九八二年八月七日）

一九八一～八五年には、「アジアの女たちの会」の推進役を担っていた松井やよりさんが、朝日新聞社のシンガポール支局勤務になりましたが、彼女の不在中も他の発起人や、内海愛子さんはじめ主だった会員たちで集会やイベント、勉強会などを催して活動を続けました。一九八二年八月七日に開催した「八・一五とアジア――戦没者追悼の日に反対する」集会も、その一つです。

同年四月一三日、鈴木善幸内閣は八月一五日を「戦没者を追悼し平和を記念する日」とすることを閣議決定しました。しかし一九四五年八月一五日は、単に戦争に負けた日というだけでなく、アジアを侵略し現地の人々を殺戮した末に行き着いた日であることを忘れることはできません。八・一五を「戦没者追悼の日」とすることで、アジアを侵略した歴史から目を逸らすことを危惧して、私たちはこれに反対したのです。その主張を掲げ、「アジア文化フォーラム」と共催して豊島区民会館で開いたこの集会は、内海さんや若い会員たちが計画したもので、プログラムは戦争体験者の貴重な証言を集めた充実した内容でした。

＊証言――銃後

一　侵略を支えた銃後のくらし　――谷民子

二　私のなかの「満州」　――富山妙子

＊証言――皇軍はアジアで何をしたか

三　植民地における皇民化政策―朝鮮　――李仁夏

四　泰緬鉄道の建設にかかわった元陸軍通訳　――永瀬隆

五　中国で戦犯になった元日本兵　――塚越正男

六　南京大虐殺に立ち会った元台湾人軍属　――林歳徳

＊証言――問われなかった戦争責任

七　遺族にとっての八・一五　――小川武満

＊証言――新たな侵略を撃つ

八　軍服から背広へ　フィリピンからの報告　――ルーベン・L・F・アビト

この集会で、私は一〇分をいただいて、戦時中の暮らしについて話をしました。最初に、勤労動員された軍需工場で配られた日の丸の鉢巻きを見せて、「私が戦時中、軍国少女となって勤労動員された軍需工場で一生けん命働いたということはいったい何だったのか、それを考えることは辛いことです。八月十五日には、もう私は二一歳になっていましたから、教科書や学校で教えられた通りを信じ込む国民学校の子どもとはちがうのです[24]」と、戦時中の自分自身を振り返りました。そうなった原因として、教育勅語を原点とする忠君愛国の教育と、国家に迎合した報道や宣伝、それを増幅した文学や美術などの影響を挙げ、それから満州事変以後の生活の一端を、年代を追って具体的に話しました。資料として、私が小学校二年生のとき（一九三三年二月）に書いた「今の日本」という綴り方[25]（作文）を披露しましたが、これを読むとすでにこの時点で立派な「軍国少女」が出来上がっていることがわかります。最後に、私が東条英機からもらった感謝状を示して、「最近になって母がこれを見つけて持って来てくれたときはゾッとしたが、昨今の状況と重ね合わせると、これを過去の『亡霊』と見ることはできず、今まさに危険なところにさしかかっていることを感じる」と、締めくくりました。

また、「アジアの女たちの会」の中にはすでに戦争を知らない若い人たちがいましたから、この集会の準備も兼ねて定例学習会で戦時中の体験を話す機会をもちました（↓一二七頁）。会の事務室になっていた渋谷区桜丘の松井さんの仕事場の部屋で、戦時中に着たもんぺ姿をして見せたりしました。この頃、会の中で私は戦後処理の問題に関わっていました。また靖国神社法案[26]や教育勅語に関する問題では、これらの問題に取り組む他のグループ――カトリック正義と平和協議会など――とも、個人的に交流していました。「アジアの女たちの会」では、個々のメンバーは基本的に自分自身の問題意識で自発的に活動していましたから、例えば私の場合、前述したように国籍法や在留外国人の問題にも取り組んでいます。

それから「証言―四」として、泰緬鉄道の建設に関わった元陸軍通訳の方が発表されましたが、その準備として、若い人がタイへ行って取材をしたと聞いています。その成果を資料やスライドなどにして、証言の理解を助けました。

「証言―五」の塚越正男さんは、敗戦後ソ連に抑留されましたが、一九五〇年に中国共産党の要請で中国の戦犯管理所[27]に移され、ここでの教育により罪を自覚するに至り、中国の戦犯法廷で裁かれた後、一九五六年に帰国した人です。帰国後は自らが日本兵として犯した残虐行為を各地で告白しています。教科書の「侵略」が「進出」に書き換えられたことを問題視して[28]、この集会でも証言してくれました。こうした証言に対して、中国の戦犯管理所で洗脳されたものとして片付ける偏見がありますが、反証もせずに安易に否定するのは不当だと思います。

この日の証言は、『教科書に書かれなかった戦争[29]』と題して、会員の羽田ゆみ子さんが勤務するＪＣＡ出版から一九八三年七月に刊行されました。その後、羽田さんは出版社（梨の木舎）を設立し、再版以降はこちらから発行されています。

かつて日本が侵略した国の教科書は、先の戦争をどう教えているか――。「アジアの女たちの会」では以前から、このテーマについて関心をもって調べていました。「八・一五とアジア」集会は、その一環として「戦争と私たちとアジア」を考える企画でした。それがちょうど日本の歴史教科書検定の問題とぶつかって、一層意味深い成果になったと思います。

アジアからの出稼ぎ女性の事件

（新小岩事件／関わった時期：一九九二〜九四年）

買春観光ツアーが下火になった一九八〇年代後半から一九九〇年代、アジアから日本に出稼ぎに来た女性たちの痛ましい事件が次々に起こりました。私が裁判を傍聴した新小岩事件[30]は一九九二年五月、ＪＲ新小岩駅近くのスナックで働いていたタイ人女性六人が、台湾人のママを殺したというものです。松井やよりさんはその中の年長の女性と面会して事件の経緯を聞き取り、私たちは松井さんの報告を聞きました。

事件の経緯はこうです。タイ人のブローカーが、例えば化粧品大手のコーセーやカネボウなどの工場での仕事と偽って、渡航手続きや仲介の手数料の名目で二〇〇万円の借金をつくらせて日本に送り出します。日本の賃金は高いので、働き出せば借金はすぐに返せると騙し、すでに帰国した女性が家を建てたりしているのを引き合いに出して説得しますが、彼女たちが日本で実際に何をして稼いだかは言いません。彼女たちが来日すると、成田空港で待ち構えている日本のブローカーが空港近くの家屋に連れ込み、レイプします。そのショックで混乱し、途方に暮れた女性たちを各地のスナックなどへ送り込むのです。パスポートを取り上げられ、日本語もできない彼女たちは言いなりになるより他なく、店のお客とホテルへ行かされることも拒めません。これは管理売春と考えられますが、雇い主(店の経営者)は罰せられていないのです。

松井さんの報告を聞いて、私はこの事件の裁判を傍聴することにしました。すべての公判を傍聴したと思います。この裁判で、被告のタイ人女性たちは、例えばリンさんとかチャオさんなどと、愛称で呼ばれていました。しかし同じ日、高裁にかかっていた同様の事件(不当な労働を強いられた外国人女性が雇用主の日本人を殺害)では、被告の女性たちを「みどり」とか「やよい」といった源氏名で呼んでいたので呆れました。明らかに女性蔑視の表れです。

犯行に関わった六人のうち、一人は一五歳だったため家庭裁判所へ送られましたが、一六歳の少女は他の四人とともに起訴されました。[31] あるとき裁判長が、その一六歳の少女に「学校は何年まで通ったのですか」と聞きました。彼女は意味がわからず黙っていると、声を荒げて「四月になると一年生は二年生になるでしょう!」と再度質問し、彼女は「おばあさんのお手伝いがないときだけ」と小さい声で答えました。当時タイの東北部は貧しく、学校に通う余裕などない暮らしだったのでしょう。このときの法廷通訳はタイ人で、正確な日本語を話しましたし、被告のタイ人女性が問われている内容をよく理解できるように、いろいろ言い方を変えたりして、親切に通訳をしていたのを覚えています。公判の後には廊下で、私たちともよく言葉を交わしました。

この裁判の一審は、確か懲役七年八カ月という判決でした。五人のうち一人だけが控訴して、日本人の恋人が証言し、「アジアの女たちの会」の会員の一人が、彼女の身元を引き受けて自分の店で雇うと証言したのですが、刑期はわずかしか短縮せず、がっかりしました。刑が確定した後には、私たちの手は届きません。刑期を終えて強制送還になると、タイの空港で以前のブローカーが待ち構えている危険も考えられましたが、タイの女性団体に任せるほかありませんでした。

アジアの女たちの会・立ち寄りサポートセンター／町屋日本語教室

立ち寄りサポートセンターは、来日したアジアの女性たちが気軽に立ち寄れる場として、彼女たちの話し相手にもなりたいと願ったメンバーたちが、一九八九年から始めたと聞いています。この活動は、一九九一年に「町屋日本語教室」となって、今では男女を問わず日本に滞在する外国人たちを受け入れて、よい働きをしています。「町屋日本語教室」は、荒川区在住のシスター・小林ときわさんが、一九九一年一月に日本語を学びたい外国人たちを自宅に招いて教え始めたのをきっかけとして、「アジアの女たちの会」の佐藤智代子さんが教室を主宰して運営を続けています。

二〇一一年に東日本大震災が起きてからは、陸前高田市の仮設住宅の方々に、アジアの料理をつくって提供する「アジアン・ランチ」の炊き出しを、二〇一七年一〇月まで定期的に続けていました。私は、炊き出しのためのカンパをしたくらいですが、メンバーとの交流は今でもあります。

「アジアの女たちの会」からアジア女性資料センターへ

（関わった時期：一九九四年〜）

「アジアの女たちの会」は、発起人の松井やよりさんが一九九四年に朝日新聞社を退職した時点で、アジア女性資料センターへと組織替えをしました。従来の形での継続はもう限界でした。松井さんのように仕事と運動が一致する人はごく少ないのです。また会を始めた一九七七年から一七年が経過して、メンバーたちもそれぞれ仕事の内容や地位、家族構成など、生活環境が変わってきていました。例えば五島昌子さんは、当時衆議院議長を務めていた土井たか子さんの秘書として外国へ行くことも多く、なかなか活動に時間を割けない状況でした。私は校正の仕事で生活費を稼ぐのは苦労でしたが、会に参加した頃は五二歳、まだまだ元気でした。その後、校正は六五歳くらいで辞め、会の活動のほうは続けていましたが、徐々に体力も落ちてきました。

ですから、松井さんの定年はちょうどよい転換の時機でした。そして新しいアプローチとして一九九五年、「アジアの女たちの会」に使わせてくださっていた渋谷区桜丘の仕事場にアジア女性資料センターを開設しました。松井さんと同年配の定年近い人たち――船橋邦子さんなど――が中心となり、新たに若い人たちを加えて組織を立て直したと、記憶しています。例えば、それまでにも海外から資料や郵便物がたくさん届いていましたが、対応できる時間や人材が少なくて、なかなか活かすことができずにいました。そうした課題も組織を一新することで好転したでしょう。現在は機関誌『女たちの二一世紀』を発行し、セミナーやスタディ・ツアーなどを開催して、人材を育てる活動を続けています（といっても、俸給を出して専任スタッフをおくのは、なかなか難しいことと思います）。

私はこのときの組織替えを機に活動を終えましたが、続いてアジア女性資料センターの維持会員（センターが法人となってからは「賛助会員B」と名称が変更された）となって、今でも機関誌『女たちの二一世紀』を定期購読しています。そこで紹介されている活動――

例えば前述のアジアン・ランチなど――に寄付をしたり、集会に参加したりすることもできます。二〇〇九年八月には、新潟県十日町周辺で開催された「大地の芸術祭　越後妻《つま》有《り》アート・トリエンナーレ」の特別企画、「富山妙子　全仕事展」を鑑賞するバス・ツアーに参加しました。

6

「慰安婦」問題に関わる

中国から復員した兄が語ったこと

私が初めて「慰安婦」について知ったのは敗戦直後、復員した兄の話からでした。戦時中海軍航空隊にいた兄は、敗戦後一一月にＬＳＴ（米軍の戦車揚陸艦）で、中国の青島《チンタオ》から帰還しました。帰還して間もない日のこと、兄のほうから語りました。そういう話をしたのは、このとき一度だけです。海軍航空隊において兄は隊長でしたので、隊員の外出時（海軍用語で「上陸」と言った）には、上陸許可証とコンドームの所持を確認したそうです。若い隊員たちはそれぞれ手製のケースをつくって、避妊具を入れていたそうですから、それが必要になることがたびたびあったのでしょう。避妊具を持参して行く所といえば慰安所です。そこには朝鮮ピーと呼ばれる人たちがいたそうです。彼女たちがいたのは明らかに軍の管理下にある施設でした。

「アジアの女たちの会」での取り組み

従軍「慰安婦」の問題は「アジアの女たちの会」でも取り上げました。一九八三年二月の女大学（→一二五頁）で「従軍慰安婦にされた女たち」と題して、五島昌子さん、山口明子さんが、韓国やその他のアジアにおける元「慰安婦」たちの状況を発表しました。特に儒教国である韓国では、夫以外と性交渉をもつのは大変な恥となります。ですから人にも言えず、実家にも帰れない状況で、深く傷つきながらも戦後長らく被害を訴える人がいなかったのです。こうした事情は日本国内でも同様です。また、夏合宿でも早くからこの問題を話題にしていて、一九八三年頃でしたか、「慰安婦」の取材している男性の話を聞いたこともありました(↓一二九頁)。

一方、松井やよりさんは「慰安婦」の情報を知ると、さっそく取材を試みています。一九八〇年代以降、アジア各地を回って慰安婦の調査をしました。その頃はまだ現地の住民が慰安所のあった場所や「慰安婦」の女性たちを覚えていて、そうした人たちの証言もあります。元「慰安婦」たちが自分から名乗り出るようになる以前に、現地の女性団体との信頼関係を築いて調査を進め、だんだんと実態がわかってきました。聴取した貴重な体験談は、それぞれ記録されていることと思います。私は『戦場の宮古島と「慰安所」』(日韓共同「日本軍慰安所」宮古島調査団著、なんよう文庫、二〇〇九年)を持っています。二〇〇八年九月、宮古島に一二の言語による日本軍「慰安婦」の祈念碑を建てたときにカンパをしたら、送られてきたものです。

「慰安婦」問題に軍が関係していることは、早くから知られていました。例えば軍医は週一回、「慰安婦」に対して性病の検診と陰部の消毒をしていますし、兵隊に対してはコンドームの配布をしました。その後の聞き取り調査などで出てきたさまざまな証言の中には、当時軍医の助手を務めていた兵隊の証言もあります。[1]日本の男性は「慰安婦」について、「商売女」だとしてほとんど気にもしませんでしたが、[2]自ら「慰安婦」を買ったと名乗り出た良心ある男性の証言も得ました。二〇〇〇年に開かれた女性国際戦犯法廷（後述）には、加害者の男性が出廷して慰安所の利用[3]や戦地におけるレイプの証言をしています。

こうして徐々に事実が社会に認知されるようになりました。被害者女性に対して「あなたは『慰安婦』だったのでしょう」などとこちらから問うわけにはいきませんから、調査を始めてから元「慰安婦」の証言を引き出すまでには長い年月がかかりました。[4]それが「五〇年の沈黙」です。

「かにた婦人の村」の城田すず子さん

日本人の元「慰安婦」の問題もあります。千葉県館山市にある「かにた婦人の村」は、売春防止法の成立を機につくられた婦人保護長期入所施設で、心や体を病む売春婦だった人たちのコロニーとして、一九六五年に深津文雄牧師と春子夫人によって開設されました。経営法人はベテスダ奉仕女母の家です。春子夫人は東京女子大学の同窓生で、彼女の同期生たち――私の在学中には庶務課などに勤務されていた――はじめ、同窓会でも当初から活動を支援していました。例えば園遊会（同窓会がキャンパスを借り切って開催するホームカミングデー）で、バザー会場にブースを設けて支援を呼びかけるなど。

一九七一年、その「かにた婦人の村」で暮らしていた城田すず子さんは、親に売られて南洋諸島の海軍慰安所で働いていたことを『マリヤの賛歌』（日本基督教団出版局）という本にまとめて公表しました。また戦後四〇年になろうとしていた一九八四年に、従軍「慰安婦」として過酷な日々の中で死んでいった同僚たちを弔いたいという長年の思いを深津牧師に伝え、深津牧師は熟慮の末「二度と繰り返してはならない事実の記憶」として、翌八五年に「魂碑」と墨書した檜の柱を建てました。その柱は多くの人々の支援で、その翌年には「噫《ああ》 従軍慰安婦」と刻まれた石碑になりました。私はこの碑のことを、社会福祉関係の知人を通じて知りました。

日本のキリスト教会は韓国の教会とも交流がありますから、恐らく「かにた婦人の村」の城田さんの名乗りや従軍慰安婦の碑についても伝えられ、その後、韓国において元「慰安婦」たちが名乗り出ることの力づけになったのではないかと思います。[5]

ただ日本では「慰安婦」の募集はされていないはずです。朝鮮半島では、日本軍の要求が源にあって「処女供出」とも言われ、組織的に「慰安婦」の募集を行ったと聞いています。[6][7]そういう意味で、韓国の元「慰安婦」の問題は、日本の元「慰安婦」とは切り離して考えるべきだと、私は思います。沖縄における米兵の性犯罪とも異質の問題です。日本人女性で「慰安婦」にされた人は、公娼だった場合が多いと思われます。中には騙されて慰安所へ送られた人もいるでしょう。例えばこれは敗戦直後のことですが、日本政府はGHQのために特殊慰安施設協会（RAA＝Recreation and Amusement Association）をつくり、日本人女性を「慰安婦」として送り込みました[8]。そこで心身を病んで自殺した人も少なくないと言われます。それでも身内を思えば自らの境遇を公表できないのです。

韓国の元「慰安婦」たち

一九九〇年代になって韓国の金学順《キム・ハクスン》さんが、自分はかつて「慰安婦」だったと名乗り出て、当時のことを証言しました（朝日新聞、一九九一年八月一一日）[9]。そのきっかけとなったのは、一九九〇年六月六日の国会での答弁です。この日、参議院予算委員会で本岡昭次議員が「慰安婦」について質問したところ、政府は「民間業者が軍とともに連れ歩いたもので、政府として調査はできかねる」と答弁しました。金さんはこれを知って怒り、自ら名乗り出たのです。その日が一九九一年八月一四日なので韓国挺身隊問題対策協議会[10]は、国連が八月一四日をメモリアル・デーに採用するよう各人権団体に働きかけています。

日本でも二〇一三年以来、毎年八月一四日に「記憶と記録を！」を訴えて各地で集会やデモを行っています。その最初、二〇一三年のデモには私も参加して、新宿区の柏木公園から、すでに亡くなられた元「慰安婦」の方々の写真を掲げて歩きました。すると途中に大勢の人たちが待ち構えていて、「それでも日本人か」と殴りかからんばかりに迫って来ました。この日は最高気温三四・八度の暑さで、それまで汗だくで歩いていた私を気遣って、うちわで扇いでいてくださっていた青年が、「危ないから、ここで抜けなさい」と促してくださり、私は彼に助けられて新宿区役所の横道に逃げ込みました。「慰安婦」関連の行動では、こうした妨害をいつも受けています。

なお金学順さんは、生活苦のため一四歳で平壌の妓生《キーセン》の家の養女に出されて、一七歳の時、日本軍の軍用トラックに乗せられ、旧満州に連れて行かれたと語っています[11]（名乗り出た当時六七歳）。金さんは一九二四年生まれ、私は彼女と同じ年齢なのです。彼女が一七歳なら、同じときに私自身も一七歳でしたから、そのときに置かれていた状況を考えてみます。そして彼女が自分一人の問題ではないと、義憤にかられて名乗り出た勇気にも、自分が同じ立場なら果たしてできただろうかと考えます。私もまた義憤にかられるタチではありますけれども……。

金さんに続いて名乗り出た、当時六〇代、七〇代の人たちは、過去を隠して生きてきた戦後四十数年のほうがもっと苦しかったと語りました[12]。戦争が終わっても、彼女たちの痛みはなお続いていたということです。ひとつには社会通念により、本来被害者である元

「慰安婦」たちが却って後ろ指を指される状況に置かれたことがあります。また朝鮮戦争により南北に分断され、さらに韓国は長らく軍政下にあったため自由に物を言うことができない状況でした。

日本政府の対応について

被害女性たちは日本政府に対して、日本軍によって受けた屈辱に明確な謝罪をしてほしいと求めています。一九九三年の河野談話[13]、九五年の村山談話[14]は、「慰安婦」に対する公的関与を認めた点では評価できますが、日本政府としての明確な謝罪にはなっていません。

昨今、「慰安婦」の象徴として、在韓日本国大使館前などに建てられている「少女像」についても、ただ撤去を求めるばかりで、被害者の気持ちを思いはかる配慮が見られないのは残念なことです。日本政府が誠意をもって相手が納得するような謝罪をしないため、韓国では過去に対する怒りや反発が若い世代へと引き継がれ、子や孫、曾孫世代にも反発が広がっています。また被害関係国には次々と記念館がつくられています。

一九九五年に発足した「アジア女性基金」も、民間の寄付による償い金で決着しようとしたもので[15]、国による謝罪や賠償を求めている韓国側の意向を受け止めていません。「償い金」は日本国からの賠償金ではなく、慰安婦立法も成立しませんでした。また国内でこの問題に関わる運動してきた私たちの意見を求めず、韓国や台湾の支援団体とも十分な意思のすり合わせのないまま進められました[16]。

現在改めて持ち上がっている徴用工問題の背景も「慰安婦」問題と共通します。一九六五年の二国間条約[17]で解決済みということで、すべてが片付けられるのでしょうか。当時日韓とも国内にはこの条約への批判が多く、市民や学生の激しい反対運動がありました。そのため条約の批准は、日本では自民党と民社党、韓国では与党のみによる強行採決でした。

元「慰安婦」による、公式謝罪と国家賠償を求める裁判

一九九〇年代には、元「慰安婦」および元女子勤労挺身隊の韓国人女性による、日本の公式謝罪と国家賠償を求める裁判が、次々に各地から起こされました。一九九二年に山口地裁下関支部に提訴された「釜山従軍慰安婦・女子勤労挺身隊公式謝罪等請求訴訟」では、性暴力被害者と強制動員被害者とは異なるとして、三名の元「慰安婦」原告とその他の原告（一〇名）とに分け、元「慰安婦」原告に対しては、国の立法不作為（一九九三年の河野官房長官談話の後、賠償立法を行わなかった）を認めて、一九九八年四月、計九〇万円の賠償を命じる判決が下りました。この一審判決は「慰安婦」裁判において唯一の一部勝訴を得た判決です。この後、広島高裁では全面敗訴、最高裁で上告棄却となり、最終的に賠償

請求については敗訴が決定しました。ただ一審での三人の元「慰安婦」の陳述については広島高裁でも認められ、この段階で事実が認定されています。

この後、フィリピン、在日韓国人、オランダ人、中国人（第一次、第二次）、中国人（山西省）、台湾人、海南島戦時性暴力被害賠償請求訴訟と続きます。[18] いずれも事実認定はされましたが、賠償請求権は既に消滅したとして棄却されました。こうした裁判の支援は、それぞれ別のグループが対応しています。私は後述する「台湾の元『慰安婦』裁判を支援する会」に属していますが、それ以外の裁判でも東京地裁で公判が行われる場合は、できるだけ傍聴に出向きました。

台湾の元「慰安婦」裁判を支援する会（関わった時期：一九九九年〜）

台湾においては「台北市婦女救援社会福利事業基金会[19]（婦援会）」が、元「慰安婦」の支援活動を担っています。婦援会は一九九二年に「慰安婦」に関する調査を開始しました。そして一九九九年七月に元「慰安婦」の原告とともに来日し、東京地裁に提訴しました。

このとき日本でも「台湾の元『慰安婦』裁判を支援する会」（以下「支援する会」）が、東京告白教会の渡辺信夫牧師、柴洋子さん、中村ふじゑさん、山口明子さんたちによって発足しました。渡辺牧師は高齢ですが、集会などに出席して挨拶されていました。私がこの会に加わったのは、劉彩品さんの支援でともに活動した中村ふじゑさん（台湾の研究者）が参加していたからです。私は会員といっても、台湾へ行ったり、会報を発行するなどの実務はしていません。裁判の傍聴をしたり、集会に出席するくらいです。

台湾の元「慰安婦」裁判の経過は以下の通りです。

一九九九年七月　東京地裁に提訴
二〇〇二年一〇月　東京地裁で請求棄却
二〇〇四年二月　東京高裁で請求棄却
二〇〇五年二月　最高裁で上告棄却・不受理決定

第一回公判では、原告の一人が先住民族（タロコ族）の女性で、民族語と北京語と、二人の通訳が付いていたのですが、植民地支配が長かった台湾の老婦人ですから、日本語ができるのです。それで裁判長に直接返事をしては注意され、わざわざ民族語で言い直していました。意見陳述は原告二人の希望で、初めに日本語で一〇分間ずつ行われました。

私は欠かさず公判を傍聴しました。また「支援する会」では、敗訴後も来日した元「慰安婦」の女性たちを迎えて、たびたび集会をしています。婦援会が制作したドキュメンタリー映画「阿嬤的秘密（おばあちゃんの秘密）」（一九九八年）、「蘆葦之歌（あしの歌）」（二〇一三年）の上映会もしました。婦援会はトラウマを抱えた女性たちをよく支え、誇りを取り戻す力を与えてきたと、その活動に感心しています。

二〇一六年一二月、台北に「AMA MUSEUM（阿嬤の家）」が開館しました。こうして次世代に歴史が伝えられることは大事なことと思います。開館のために「支援する会」経由でカンパをしました。私は今でも「支援する会」の会員ですので、毎年会報が送られてきます。

「女性国際戦犯法廷」とＮＨＫ番組改変事件

一九九八年、「慰安婦」被害と加害者責任を明らかにするために、ＶＡＷＷ-ＮＥＴジャパン（Violence Against Women in War Network-Japan／「戦争と女性への暴力」日本ネットワーク）が、松井やよりさんを代表として発足しました。同年八月、国連人権委員会の差別防止・少数者保護小委員会で、ゲイ・マクドゥーガルさんの「武力紛争下の組織的強姦・性奴隷および奴隷制類似慣行に関する最終報告書」[20]が採択されたのを受けて、二〇〇〇年一二月七日～一二日、各国の支援団体が力を合わせ、東京で「女性国際戦犯法廷（日本軍性奴隷制を裁く二〇〇〇年女性国際戦犯法廷）」と題する集会を開きました。[21]九カ国から六四名の被害者が来日し、公聴会もあり、元日本軍兵士の証言、専門家による証言もあり、有意義な集会だったと思います。
この集会を「法廷」形式にしたのは、松井やよりさんに「ひらめき」があって、「ラッセル法廷」のように、民衆法廷の形にすれば効果的に問題の責任をえぐり出せると思った、と何かに書かれていたのを読んだ記憶があります。[22] すでに各国（韓国、台湾、フィリピン、インドネシア、オランダなど）の市民団体が被害者の調査や支援に取りかかっていましたから、「法廷」では関係文書や地図、写真などの資料も出てきました。そして被害者自身の証言や、元日本軍兵士の証言により、日本軍の行為が明らかにされました。この成果は、VAWW-NETジャパンの後身であるVAWW-RAC（「戦争と女性への暴力」リサーチ・アクション・センター）や、アクティブ・ミュージアム「女たちの戦争と平和資料館」（略称Wam）に継承されています。[23]
「女性国際戦犯法廷」が下した、「昭和天皇を含む日本国の国家責任を、強姦及び性奴隷制度について人道に対する罪で有罪とする」という判決について、私は当然だと思います。一九三七年一二月の南京大虐殺によって、日本軍による強姦や殺害が世界中に報道され、軍は慰安所の設置拡大を急ぎました。慰安所を設置することで軍隊による強姦を防止し、併せて性病を予防して兵士の士気高揚を図ったのです。その軍の司令官の頂点に、大元帥として天皇が存在したわけですから、天皇を名指しして有罪とすることに何ら不思議はありません。もっともこの「天皇有罪」部分は、後述するNHKの番組では放映されませんでしたし、国内メディアの記事でもあまりふれられませんでした。それでも一二月一三日(「判決」の翌日)の朝日新聞の記事には「昭和天皇有罪」が報道されましたから、私はそれを見て知りました。

翌二〇〇一年一月三〇日、「女性国際戦犯法廷」を取材したNHKの番組が教育テレビで放映されました。しかし内容が改変されて、主催者であるVAWW-NETジャパンが意図した趣旨とはズレたものとなっていました。私はVAWW-NETジャパンには参加していませんが、メンバーの一人から「明日、NHK教育テレビで放送されます」という電話を受けて番組を見ました。そしてそのチグハグな内容に驚きました。

この番組はETV特集・シリーズ「戦争をどう裁くか」の第二回で「問われる戦時性暴力」というタイトルでした。そういう意図で「女性国際戦犯法廷」を取り上げたはずなのに、急きょ、秦郁彦氏のコメントが挿入され、「法廷」の問題点を指摘して批判しました。この人は「女性国際戦犯法廷」に反対の立場をとっている学者です。一方、「法廷」を肯定する立場をとる内海愛子氏の発言は秦氏の半分ぐらいにカットされ、何を言いたいのか十分に伝わらず、解説者の米山リサ氏(カリフォルニア大学准教授)の発言も途中をカットされてよくわかりませんでした。

こうした番組改変は放送直前に行われ、NHKのプロデューサー、ディレクターは上層部に呼び出されて、次々と変更を指示され、多くの内容をカットしたため、予定放映枠を四分間も余して放送しました。[24] こうした事情について、番組の担当プロデューサーだった永田浩三氏は、著書[25]で詳細に述べていますし、後述する裁判でも原告側証人として勇気をもって証言しています。

二〇〇一年七月、VAWW-NETジャパンは、NHKとNHKエンタープライズ21、ドキュメンタリージャパン（制作会社）の三者を相手取り、東京地裁に提訴しました。取材にあたり制作会社と交わした合意に反して、NHK側は「法廷」における審理の解説や判決の言い渡しシーンを削除し、また「法廷」に批判的な立場をとる秦郁彦氏のコメントを取り入れて編集したうえ、放送時間も予定より短縮しました。その結果、放映された番組は、取材を受けたVAWW-NETジャパン側の期待にそぐわない内容となり、期待権を侵害した、また番組内容の大幅な変更を説明する義務を果たさなかった、と訴えたのです。

一審（二〇〇四年三月）は、制作会社の責任を認めて一〇〇万円の支払いを命じましたが、放送事業者に対しては編集権が保障されるとして請求を退けたため、VAWW-NETジャパンが控訴。二審（二〇〇七年一月）は、NHK側の行為を「編集権を濫用し、逸脱したもの」とし、期待権の侵害、説明義務違反を認めて、三者に二〇〇万円の賠償を命じる判決で、勝訴となりました。しかしNHK側が上告。最高裁判決（二〇〇八年六月）ではVAWW-NETジャパンの期待権は認められず、二審の判決を棄却して敗訴が確定しました。私は二〇〇二年に地裁の法廷を傍聴しました。私が傍聴したのは一審の初めのほうの法廷でしたから、準備書面の提出など短時間で済む内容でした。それでも傍聴席は満席で、外には右翼が来ていました。

＊

この裁判の一審の途中で、私たちは思いがけず松井さんを失いました。二〇〇二年九月頃、ソウルで行われた日本軍「慰安婦」問題アジア連帯会議の報告をされたときは、「これからアフガニスタンへ行く」と話していて元気な様子でしたが、この年の一二月二七日に亡くなりました。文字通り命を懸けた闘いで、被害者たちがサバイバー（生き抜いた人）として闘うことを励まし、その原動力となったと思います。

アクティブ・ミュージアム「女たちの戦争と平和資料館」（wam）

二〇〇五年八月、松井やよりさんの遺志による「慰安婦」資料館が発足しました。亡くなる直前（二〇〇二年一〇月）に、病気の回復を願う友人たちが、彼女を励ます集会を催しました。その席で松井さんが資料館の開設を提案したのです。一二月一二日に任意団体「女たちの戦争と平和人権基金」の設立に向けて一億円キャンペーンが開始されました。松井さんは遺産をすべて捧げたということです。翌年、特定非営利活動法人の認証を取得し、シンポジウムやチャリティ・イベントを開催しつつ準備を進め、二〇〇五年八月に早稲田奉仕園敷地内の基督教視聴覚センター（AVACOビル）の二階を借り受けて、アクティブ・ミュージアム「女たちの戦争と平和資料館（wam：Women's Active Museum on War and Peace）」を開館しました。私は現在もwamの会員です。

wamは「慰安婦」問題を中心に、戦時性暴力に焦点をあてた資料館です。日本軍が慰安所を設置した広域の地図など、多数の資料が所蔵されています。また五〇年の沈黙を破って名乗り出た元「慰安婦」の女性たちの顔写真が展示され、その痛ましさに胸がしめつけられます。毎年、企画展を催し、さまざまなテーマで展示をしていますし、アーカイブにも取り組んでいます。

「女性に対する暴力撤廃の国際デー」の行動

（関わった時期：二〇一〇年一一月二五日）

二〇一〇年の「女性に対する暴力撤廃の国際デー」(26)（一一月二五日）に、日韓共催で「日本軍『慰安婦』問題の立法解決を求める国際署名提出行動」をしました。一二時から一五時まで衆議院第一議員会館大会議室で集会、署名簿を内閣府に提出して記者会見を行い、その後、一五時一五分から四五分間、参議院議員会館前でスタンディング・デモをしまし

〈写真 12〉 2010 年 11 月 25 日の「女性に対する暴力撤廃の国際デー」において行った「日本軍『慰安婦』問題の立法解決を求める国際署名提出行動」のスタンディング・デモ。右端で横断幕を持つのが私。

た。当初スタンディングを予定していた場所には、いわゆる右翼の人たちがデモを妨害するために多数待ち構えていて、それを警察官が抑えていました。そのため私たちは地下通路で参議院議員会館の玄関前まで移動して、参議院側の歩道でスタンディングしました。

〈写真12〉はスタンディング・デモの様子です。日本側の主催者は「日本軍『慰安婦』問題解決全国行動二〇一〇」、「日本軍『慰安婦』問題の立法解決[27]を求める一二〇万人署名実行委員会」、「戦時性暴力連絡協議会」。私は「全国行動二〇一〇」からの呼びかけでこの行動を知り、参加しました。また韓国側の主催者は「韓国挺身隊問題対策協議会」、「挺身隊ハルモニと共に行動する市民の会」でした。そのほかに「アジア女性資料センター」はじめ多数の団体の賛同がありました。

水曜デモ一〇〇〇回記念のデモ（関わった時期：二〇一一年一二月一四日）

韓国挺身隊問題対策協議会は一九九二年以来、日本政府に対して問題の解決を求めて、元「慰安婦」たちとともに日本大使館前でデモをしています。毎週水曜日の一二時に行うこのデモを、彼女たちは水曜デモと呼んでいます。

二〇一一年一二月一四日には、その水曜デモが一〇〇〇回に達したことを記念して、世界各地（計画では一〇カ国七五都市）で連帯して水曜デモを行いました。東京では約一三〇〇人の賛同者が集まり、外務省を包囲する「人間の鎖」デモをしました。私も参加しています。

二〇一五年の慰安婦問題日韓合意について

二〇一五年一二月二八日、慰安婦問題日韓合意[28]が両国政府により交わされました。私たち「日本軍『慰安婦』問題解決全国行動」は、翌年二月一六日に外務省前で抗議行動をしています。

この合意は後に破綻しました。[29] 公式謝罪と国家賠償を望む元「慰安婦」たちの意向を受け止めることなく、「最終的に」「不可逆的に」解決するというのですから、こじれるのは当然です。「不可逆的に」[30] とは、およそ心得違いな言葉だと思います。「これ以上、後の世代に謝らせたくない」と安倍首相は言いますが、[31] まず「謝っていない」ことが問題なのです。すでに生存者は少なくなりました。名乗り出た人はわずかで、その背後には「言わない・言えない」人たちがたくさんいるはずです。私はこの人たちとまさしく同年代なのです。

7

平和と人権、脱原発運動

憲法九条について

私は一九八六年頃から毎年、憲法記念日に日比谷公会堂で開かれる憲法集会（主に社会・共産両党が主催）に、できるだけ参加するようにしていました。その頃から改憲勢力が目立ってきたことが気になり出して、最初は新聞などで情報を得て行くようになったと思います。集会はいつも、開場を待つ人たちで国会通りに長い列ができるほど盛況でした。二〇一六年の集会では、むのたけじさんの力強いスピーチが印象的でしたが、残念ながらこの年の八月二一日に一〇一歳で亡くなられました。二〇一七年の集会は「五・三憲法集会　──施行七〇年　いいね！　日本国憲法」というタイトルで、参加者は五万五〇〇〇人ということでした。いずれも江東区有明の広場で行われ、私は折りたたみ椅子持参で参加しました、もう集会後のデモ行進に加わるのは無理になりましたが。

また二〇〇七年から、「9条改憲阻止の会」が国会前で座り込みをしているときに、立ち寄る程度ですが、エールを送っていました。経産省前の空地にテントを立てて「脱原発」を訴えた（後述）のは彼らです。

土井たか子を支える会（関わった時期：一九七九年〜二〇〇六年）

議員会館に駆けつける

一九七九年九月、大平正芳首相が突如衆議院を解散しました。確か金曜日だったと記憶しています。当時、国会議員に付く公設秘書[1]は二人でした。土井たか子さんの公設秘書のうち一人は兵庫県西宮の事務所にいて、もう一人が東京にいた五島昌子さんです。五島さんとは「アジアの女たちの会」の活動で面識があり、何かの用事で議員会館にいる彼女を訪ねたりしていました。それで解散の翌日、少しのカンパを用意して議員会館に駆けつけたのです。その頃、東京には土井さんを支援する組織はなかったので、手書きでカンパをお願いする文を書き（送金は公示日以降にと注意書きをして）、そのコピーを関係者に送りました。また石田玲子さん、安江とも子さんと交代しながら、議員会館の土井さんの部屋の留守番を務めたこともありました。

当時のことで一つ記憶に残っているのは、土曜の午後、私が一人で留守番をしていたときのことです。ふいに電話が鳴って「土井ですが、新幹線が事故で停まって、今名古屋にいます。宝塚会館に電話して、土井は少し遅れるけど、必ず行きますと伝えてください」と、ご本人から急な伝言。「宝塚会館ですね」と確認したところで電話が切れました。ケータイどころか、テレホンカードさえない時代です。(2) 公衆電話に投入したコインが切れたのでしょう。私はすぐに宝塚会館の電話番号を調べて「土井たか子議員からの言づてですが……」と連絡しました。そんなお手伝いをしていたわけです。

翌一九八〇年五月の第二次大平内閣の解散のときには、内海愛子さんが書かれた土井たか子議員への政治献金のお願いの文を、私の娘が職場のワープロで打ってくれたので、それを社会党婦人部の部屋からも発送しました。土井さんの選挙区は兵庫二区（当時）で、もちろん地元には支援組織があります。私は解散のときに、東京で少しお手伝いしただけです。

土井たか子を支える会の発足

一九八六年九月、土井さんは社会党委員長になられたので、急きょ政治団体「土井たか子を支える会」（代表吉武輝子、会計石田玲子、会計代行谷民子）を発足させることにしました。吉武さんや石田さんたちは、以前から選挙になると西宮へ行って応援演説をされたりしていました。私は「会計代行」となっています。実際は法的に必要だったため名前だけ連ねた感じです。

支える会の発足は十一月ですが、その前に大きな集会を開いています。一九八六年一〇月八日に日本教育会館で行われた「いま始まります　女の政治10・8土井たか子とともに」という集会です。このときには一〇〇〇名を超える参加者がありました。ステージで発言した人も二〇名以上で、たくさんのメッセージが届きました。会の終わり近く、丸木俊さんが「桐貝」という桐の木でつくったほら貝を見せて「これは二〇〇年前、百姓一揆のときにリーダーだった人が吹いたものです。その人はつかまって首を斬られました」とおっしゃって、ブオーと吹き鳴らしました。

一九八六年一一月に「土井たか子を支える会」の事務所を文京区内に開き、それから新宿区飯田橋へ、さらに港区赤坂のビルへと移転しました。赤坂の事務所では、土井さんを中心に発足した「アジア人権基金」（後述）の方々ともいっしょでした。そこでの作業として、私がしたのはさまざまな書面の発送作業くらいです。また政治学者の石田雄《たけし》さんをチューターに、読書会を催したこともありました。

毎年夏には「土井たか子を支える会」主催で「さわやかパーティー」という会を開きました。第一部はゲスト（田英夫さんや國弘正雄さんなど）による政治のお話、それから第二部で音楽などを楽しみました。淡谷のり子さんに歌っていただいたこともあります。そのような会の設営や交渉、会計などは保坂展人さん、石田さん、岩本康子さんたちがなさっていて、私はいつもほんのお手伝い程度でした。

土井たか子の活動の傍らで

私は「土井たか子を支える会」の会員として、できる範囲で協力しながら土井さんのさまざまな活動に注目していました。例えば「アジア人権基金」です。土井さんは設立を目指して一九八九年三月から本格的に募金活動を始め、一九九〇年一二月に西川潤さんたちと「アジア人権基金」を設立し[3]、アジアの人権状況の調査、情報発信、支援金を贈るなどの活動を始めました。一九八九年四月一四日から月一回の「アジア人権講座」を開講。一九九六年には「アジア人権賞」を設け、アジア各地から受賞者を招いて直接報告を聞きました。二〇一〇年四月に会は閉じられましたが、村井吉敬さん、保坂展人さんなど、多くの方が携わった大きなプロジェクトでした。私は寄付に応じただけで、活動の手伝いはしませんでしたが、人権賞の授賞式などには出席していました。

一九九〇年に勃発した湾岸戦争の際の行動も、忘れることはできません。翌年一月、閣議決定で避難民を移送するために自衛隊機の出動を決めた政府に反対して、土井さんが現地のチャーター機（ロイヤル・ヨルダン航空）を使うことを呼びかけたところ、すぐに多額の寄付が集まりました（市民チャーター便基金）。朝、「土井たか子を支える会」の事務所に来たら、チャーター便関係のファックスの紙が床いっぱいに落ちていたという話もあったほどの反響でした。このときは日本カトリック司教協議会など、他の団体の募金運動もありました[4]。そして目的を達成した後、「市民チャーター便基金」には二一〇〇万円の資金が残ったので、これを「クルド族難民救援、イラク市民とくに女性・子どもへの医療品支援、パレスチナ難民の戦争による心身障害児施設のスクールバスへの援助」の三つに分けて活用する旨、会計報告（一九九一年八月五日付）を受けました。

また、「土井たか子を支える会」では社会党（後に社会民主党）とは距離を置くスタンスで、一九九三年四月から『梟』という名の会誌を季刊で発行し、会員には無料で配布していました（三〇号発刊のあと、二〇〇六年五月、別冊号で終刊）。「梟」は土井さんの好きな鳥です。石田玲子さん、保坂展人さん、長沼石根さんたちが中心になって発行し、私たちは大勢で発送作業をしました。

一九九三年八月から一九九六年九月まで、土井さんは衆議院議長を務めました。一九九六年九月二七日の衆議院解散後、選挙公示前の一〇月四日に、まだ土井さんが議長公邸に居られるうちにと、議長公邸をお借りして「土井たか子を支える会」のパーティーを催しました。その会の終わり近く、土井さんが保坂展人さん、辻元清美さん、中川智子さんを呼んで、衆議院選に出るように勧められたのです。三人とも出馬。私は保坂さんの選挙ハガキの宛名書きを手伝い、また演説場所に足を運んで聴衆の一人として耳を傾けました。テレビ画面に保坂さんの「当確」が出たのは夜中の三時頃だったように記憶しています。他の二人も無事当選しました。保坂さんは議員時代、議員会館三二〇号の土井さんの隣りの部屋でした。土井さんに倣って国政調査権を十分活用し、「国会の質問王」と言われるほど働きました。二〇一一年以降は東京都の世田谷区長として奮闘しています。私は今でも「保坂展人と元気印の会」の会員です。

「支える会」の解散

土井さんは二〇〇三年の総選挙の際、小選挙区で自民党の候補者に敗北しましたが、比例区で当選しました。この選挙では汚い選挙妨害がありました。吉武輝子さんが選挙カーでJR西宮駅前を通ったとき、北朝鮮による拉致被害者の写真と黄色い旗を持ってハンテンを着た人が、チラシを撒いて署名を集めていたそうです(5)。そこへ自民党候補と安倍晋三幹事長(当時)、拉致被害者の父親が来たところを、私は選挙後のテレビの画面で見ました。安倍氏が「土井たか子は拉致の張本人である」「土井たか子を落としに来ました」と声を上げ、土井さんのポスターには拉致被害者の写真が貼り付けられていました。テレビで放映された映像は短いものでしたが、私はこの光景を見て驚きました。西宮の選挙事務所には右翼が押しかけて来たそうです。明らかに選挙妨害であり、嫌がらせの暴力行為ですが、選挙管理委員会も警察も、これを傍観して咎めようともしませんでした。中立な立場で秩序を守るべき機関が、安倍氏の意向を忖度したのか、本来の職務を放棄したと言えます。

続く二〇〇五年九月の衆院選では比例近畿ブロックで落選。土井さんは引退を決めました。そして翌二〇〇六年三月三〇日に「土井たか子を支える会」のファイナル・パーティーが四ツ谷駅前の主婦会館・プラザエフで開かれました。北海道や関西からの出席者もあり、一三三名の参加。一〇〇人分用意していた料理が足りなくなるくらいでした。二〇代や三〇代の若い方々のスピーチもあり、「解散」ではなく「新たな一歩だ」と、石田玲子さんが『梟』別冊に書いています。(6) 土井さんや秘書の五島昌子さんを支えて、石田さんや「国際結婚を考える会」のデレウゼ好子さん、カメラ担当の清水千恵子さん、岩本康子さんなど、それぞれの分野で活躍する善意の人たちが集まっていて、土井さんの活動を次の時代につなげていくパワーがあったと思います。

その後

土井さんは議員を辞めてからも、「憲法行脚の会」の活動など、全国どこにでも出向いて話し合う活動を続けていました。各地の「九条の会」からも呼ばれて出向かれました。

しかし二〇〇九年に体調をくずして神戸のご実家に戻られ、二〇一四年九月二〇日に永眠されました。一一月二五日に憲政記念館講堂でお別れの会が催され、第一部は参列者(四五〇名)が集って、弔辞やメッセージなどがあり(村山富市さん、河野洋平さんなどのお別れの言葉)、第二部は一般市民(四二〇名)が献花する形でしたので、私は第二部に参列してお別れをしました。さらに一二月九日に、土井さんの関西の支援会「土井たか子をはげます会」はじめ親しい人たちにより、西宮のノボテル甲子園で「憲法は輝く――土井たか子さんお別れの会」が催されて三〇〇人が参集。一二月一二日には東京の日本教育会館で「土井たか子さん、ありがとう！　思いを引き継ぐ集い」が催されて七〇〇人が集まり、私もこの会の呼びかけ人三六〇人のうちの一人として出席しています。舞台正面には『プレイボーイ』誌カメラマンが撮影した、土井さん自身もお気に入りの写真が飾られていました。「思いを引き継ぐ集い」という会の名の通り、それぞれが土井さんの遺志を受け継いだはずです。

この席で韓国第一五代大統領、故金大中さんの夫人、李姫鎬《イ・ヒホ》さんからの追悼メッセージが代読されました。「一九七三年の東京拉致事件に対する救命運動で縁を結んで以来、深い信頼に基づき、長い友情を深めました」とお心のこもった言葉でした。今でも港区赤坂スクエアビル六階での「支える会」の楽しく、忙しい作業が思い出されます。

外国人研修生木更津事件（関わった時期：二〇〇七〜一六年）

「アジアの女たちの会」で知り合った大島静子さんは、婦人相談員の経験もあり、日本キリスト教婦人矯風会でＨＥＬＰ（House in Emergency of Love and Peace／女性とその子どものための緊急一時保護施設）を開設された方です。二〇〇〇年代に入った頃、「ハンド・イン・ハンドちば」というグループで、外国からの出稼ぎ女性の支援などをされていました。私は大島さんに声をかけられて、出稼ぎ外国人に関する千葉市でのデモに加わったことがありました。グループの住所は教会になっていたと記憶しています。私は二〇〇六年頃からカンパをしたり、バザーの案内を受けたりして、活動に関心を寄せていました。その「ハンド・イン・ハンドちば」の機関誌に木更津事件および「外国人研修生木更津事件を考える会」についての記事が掲載されていたので、カンパを送ったところ、同会の会誌『木更津から　外国人研修生木更津事件を考える会ニュース』(7)が送られてきて木更津事件の経過を知り、事件を起こした青年のその後を見守る気持ちになりました。

木更津事件とは、二〇〇七年千葉地裁木更津支部で懲役一七年の判決を受けた、外国人技能研修生の青年が起こした事件です。彼は二〇〇六年四月に、中国東北部チチハルから研修生として来日し、千葉県農業協会の斡旋で木更津市の養豚場に派遣されましたが、不当な低賃金と違法残業、強制貯金、通帳・印鑑・パスポートは経営者が保管というひどい扱いを受けていました。その交渉のもつれから協会理事を殺害し、二人を傷つける事件を起こしたのです。第一審の懲役一七年という判決に、弁護士は控訴するつもりでいたところ、本人が控訴をしない手続をしてしまいました。相手にも落ち度があると、多くの場合、刑が半分ぐらいになると言われるのですが……。

彼は栃木県黒羽刑務所で服役しました。しかし言葉もよく通じず、孤立した状態で拘禁されたために精神疾患を発症し、二〇一一年に医療刑務所（東京都八王子市・当時）に移されました。黒羽刑務所では面会したり、中国語の本を差し入れたりすることができましたが、医療刑務所では親族以外は面会が許されません。この間、弟さんが二度面会のために来日しています。ご両親は二〇〇七年の判決の際に来日。それ以後は二〇一六年六月に再来日され、一回三〇分、三日間毎日面会したそうです。この事件は「外国人技能実習生制度」の問題点を露呈したものですが、その後も改善されぬまま現在に至り、労働力不足を背景にさらに制度の枠を拡大しようとしています。追い詰められて罪を犯してしまったこの青年の状況は、忘れてはならないものと考えています。

中国残留婦人の家族の裁判（関わった時期：二〇〇八年頃）

大島さんは「ハンド・イン・ハンドちば」の活動で、その後、日本に帰国した中国残留婦人と家族の問題を支援していたので、私も支援に加わりました。その中国残留婦人は夫と、彼女の世話をしていた夫の弟の家族（夫婦と長男長女）を伴って帰国し、千葉県内に住んだのです。しかし一〇年後に夫が亡くなると、弟の家族には日本国籍の「血縁」がいないという理由から、強制退去処分が下され、夫婦は仕方なく中国へ帰国しました。が、夫婦の子供たちは一〇年にわたり日本で教育を受け、長男は千葉工大に、長女は県立高校に合格したところで、日本に住み続けることを望んだので、「ハンド・イン・ハンドちば」が支援して裁判を起こしました。

裁判は東京地裁で行われ、私は裁判所に近い所に住んでいる地の利を生かして、毎回傍聴に行きましたし、記者会見にも出ました。問題への関心の高さをアピールするため、裁判の傍聴人は一人でも多いほうがいいのです。結果は勝訴して、二人は無事に進学、生活保護を受けながらアパート暮らしを始めました。

なお大島静子さんの夫、大島孝一さんは東北帝国大学に在学中、石原謙先生（➡四四頁）のお宅で催された聖書の講読などに参加されて教えを受けた方で、その後、女子学院の院長をされました（一九六六〜八〇年）。人権運動や平和運動にも尽力され、「台湾の政治犯を救う会」（➡九九頁）や金大中氏の支援活動でもお目にかかりました。

戦争の加害者として

すでに述べてきましたが、私が社会運動に関わったそもそもの動機には、先の戦争に対する思いがあります。「日本はかつて侵略したアジアの人たちに対して戦争責任を負っている」という思いから、日本人の一人として行動してきました。

戦争について、権力者や指導者たちにより重い責任があるのはもちろんです。その上で、一般の人たち、ことに徴兵されて戦地に送られた人たちも責任を自覚して、当時の体験を語り継ぐべきだと思っています。しかし実際にはなかなか語られません。例えば戦地で残虐な行為をしたり、また国や軍からの食料や必要物資の供給が途絶えて飢え死にしたり。そういう戦争の実態が十分に明らかにされないまま――近年になって少しずつ重い口を開く人たちが出てきましたが――ある時期から「戦争もやむを得なかった」といった雰囲気が、為政者やマスコミなど世論をリードする側に出てきたように感じます。私の感覚では、一九七〇年代の初め頃から意識されるようになりました。以来、この流れに危機感を覚えながら、行動しています。

中国人強制連行を考える会 （関わった時期：一九八六～現在）

その頃（一九七〇年頃）、田中宏さんや内海愛子さんと知り合い、「国籍法研究会」などで交流するようになりました（↓一〇九頁）。田中さんたちの「中国人強制連行を考える会」には入会していませんが、戦時下における中国人強制連行や花岡事件などに関心があり、折々カンパをしたり、できる範囲で協力しています。その関係で『中国人強制連行を考える会ニュース』が送られてくるので、労働を強いた企業に対する訴訟や和解など、情報を得ながらその動向に関心を寄せています。

田中さんや内海さんはじめ、こうした活動をしている方々は、皆さん本業をもっていて、非常に忙しい人たちばかりです。必要のあるときに打合せをする、集会を開く、「会」のあり方はそうしたものだと思います。またこうした活動の多くは自費でなされています。例えば中国から人を招くにも費用の負担が必要です。経費はすべて持ち出しになりますから、家族の理解がなければとても続けられません。それで私たちは賛同者として、少しは足しになるだろうと思ってカンパをするのです。

花岡事件について（関わった時期：一九八五年〜二〇〇〇年）

戦時中、秋田県の花岡鉱山に強制連行された中国人が、劣悪な環境での労働に堪えかねて蜂起を企て、おびただしい犠牲者を出した事件(8)がありました。戦後、中国へ帰国した労働者の証言と、当時の状況や事件を目撃していた地元の人たちの思いがつながり、一九八五年（事件後四〇年）頃から被害者遺族を中心にして、大館市での交流が始まりました。

その頃でしたか、生存者の耿諄《コウ・ジュン》さんが来日し、築地本願寺の伝道会館で法要が営まれたこともありました。私は田中宏さんから連絡をいただいて、その法要に足を運び、その後も何回か法要に参列しました。事件の現地である大館市花岡町では、毎年蜂起をした日に追悼式が行われています。二〇一〇年、事件を語り継ぐために花岡平和記念館がつくられて資料が展示されています。

一方、耿諄さんは鹿島建設に謝罪や賠償などを求めて、一九九〇年に新美隆弁護士や田中宏さん、林伯輝さんなどを代理人として交渉を始めましたが、不調に終わり、一九九五年六月、耿諄さんや被害者の遺族たちは鹿島建設を提訴しました。それから二〇〇〇年に東京高裁の和解勧告を受けて一応の和解が成立するまで、新美弁護士をはじめとする日本人、中国人関係者の活動は苦労の多いものでした。そのうえ、最終的に鹿島建設側が謝罪をしないまま和解したことが耿諄さんの意に沿わなかったため、代理人との関係がぎくしゃくしたことは大変後味が悪く、残念でした。

花岡事件に続き、一九九八年には広島の西松建設の強制連行に対する訴訟も起こされました。こちらは二〇〇四年、広島高裁で勝訴しましたが、最高裁で逆転敗訴が確定。ただし西松建設は強制連行や過酷な労働を課した事実について、「日本政府の国策と企業の利潤追求という両者の利害が一致し、両者が協力してその制度および実施を作り上げた結果発生したものである」という広島高裁が示した歴史認識を認めました。またその後の和解において、遺族に対して謝罪を表明しています。この最高裁判決の日（二〇〇七年四月二七日）、私は傍聴券配布に並んで抽選に当たり、傍聴券は田中宏さんに渡しました。

これらの訴訟で尽力した新美隆弁護士は二〇〇六年一二月に逝去され、築地本願寺で営まれた葬儀には私も参列しました。田中宏さん、土井たか子さんが弔辞を述べられ、『中国人強制連行を考える会ニュース』（八七号）によると中国からも七人の方が参列されたということです。

ノーモア南京の会・東京（関わった時期：二〇一二年〜）

南京大虐殺が行われたのは一九三七年ですから、当時女学校一年生だった私の記憶にもあります。現地での目撃者はまだ存命ですし、日本軍の参謀将校だった三笠宮も証言しています。「ノーモア南京の会・東京」は、南京大虐殺の問題を取り上げる会を毎年一二月に開いています。私は会員ではありませんが、毎年一二月に行われる集会には賛同者として名前を出して賛同金を送っているので、報告が送られてきます。また同会では二〇一七年に、中国で出版された任世淦さんの著書『山東省の元教師による日本軍兵士罪行の現場検証「東史郎日記と私」』(9)を翻訳出版しました。

この会とは別に、一九八〇年代に台湾出身の林歳徳さんが、たまたま同名の「ノーモア南京の会」という会をつくり、ある期間活動されていました。林さんは一九八二年、「アジアの女たちの会」が主催した「八・一五とアジア」集会（→一四三頁）にスピーカーとして参加して、「日本統治下の台湾で徴兵されて、日本の軍夫として南京に従軍したが、残虐行為の数々を目撃し脱走した」という証言をしています。

関東大震災中国人受難者を追悼する会（関わった時期：二〇一三年〜）

一九二三年九月一日の関東大震災で、虐殺された朝鮮人が六〇〇〇人に及ぶことはよく知られていますが、七〇〇人を超える中国人も、軍隊や警察、自警団による虐殺に遭ったと言われています。両国（東京都）の横綱町公園には震災の犠牲者追悼のために中国の仏教徒から贈られた、大きな「幽冥の鐘」があります。「追悼する会」では、二〇一三年以来、中国からご遺族を迎えて、この鐘の前に祭壇を設けて追悼をしてきました。二〇一七年には田中宏さん、内海愛子さん、林伯耀さんを呼びかけ人として、横綱町公園内の都慰霊堂で開催され、私も参列しました。来日した中国のご遺族はすでに孫・曾孫世代の人たちになっていました。

脱原発運動（関わった時期：二〇〇八年〜）

水上勉さんの悲嘆

一九九七年四月二二日、築地本願寺で営まれた中央公論社の嶋中鵬二社長の社葬に参列しました。このとき作家の水上勉さんが弔辞を述べられました。「私が生活のために小説を書いておりましたとき、嶋中社長に呼ばれまして、あなたはしっかり腰を据えて作品を書いてみたらどうでしょう、とおっしゃいました」と。このとき嶋中社長はきっと原稿料の一部を前渡しされたのだろうと、私は思いました。また「その後、全集を二回も出してくださいました」と述べたときには声が震えていて、水上さんの嶋中社長に対する感謝の思いが伝わってきました。

水上さんの故郷は福井県若狭。山紫水明の地ですが、今、丹波の山には送電線をつなぐ鉄塔が連なり、海の近くには原発が建ち並んでいます。一九八〇年代以降、この危険と隣り合わせの施設を誘致した貧しい土地柄を、水上さんは悲しい思いで語っています（水上勉『若狭がたり――わが「原発」撰抄』アーツアンドクラフツ、二〇一七年）。貧しい土地から出て、小説家として大成した後も故郷を思い続けました。

原発には「貧しい過疎地に建設されて、大量消費する大都市へ電力を供給する」という社会的な構造があると思います。産業や経済力の乏しい地域に危険と負担を強いる形になっている。私は大都市に住んで電力を消費する者の一人として、原発問題に対する責任を意識しました。そこに気づかせてくれたのが水上さんの言葉なので、私にとって「脱原発」は、水上さん抜きには考えられないのです。

脱原発・東電株主運動

それ以来、原発立地の町村を思い、大消費地に住む者として電力会社に対して物言う必要を感じるようになったのですが、もともと父が所有していた東京電力の株券を引き継いでいたので、私は以前から東電の株主でした。二〇〇七年に新潟県中越沖地震が発生し、東電の柏崎刈羽原発が被災しましたが、そのときの対応から東電の隠蔽体質は問題だと感じました。そこで翌年、東電の株主総会に出席したところ運動に誘われて、その翌年から「脱原発・東電株主運動」[10]に参加し始めました。運動側は毎年三月頃、脱原発の提案概要を書いた書類や、その提案者になる方法を説明する書類を送ってきます。そこで提案者になる手続きをすると、運動に参加することになるのです。

脱原発の提案は毎年否決されますが、株主の提案権を行使して、粘り強く株主総会に提案し続けています。二〇一一年に至るまでの株主総会は、総会屋が仕切っていてシャンシャンとすぐに終わりました。東日本大震災で福島第一原発が事故を起こした二〇一一年からは、会社側の説明が長くなりました。総会会場では当然会社側の立場の株主が多いわけで、株主提案の中でも「脱原発」の提案者は少数です。運動をしている人の中で株主総会に出席する人は二〇~三〇名程度かもしれません。もちろん、株主提案者として発言できますが、時間は限られています。現在はもう出席はしませんが、提案者になる手続きは毎年しています。父に譲られた東電株を売らずにいて、株主として責任をとっています。

福島第一原発事故

二〇一一年三月一一日の東日本大震災で、福島原発は第一、第二とも地震と津波により全電源喪失に陥り、第一原発の一号機~三号機の原子炉は、炉心溶融(メルトダウン)という深刻な事故を起こしました。原子炉は壊れ、放射能が大量に漏れ出して、広範囲に汚染が広がっています。この放射能汚染は長期にわたって続くもので、被害を受けた人も動物も未だ救われていません。

私は愛生園で働いた経験から、福島の地に対して特別な思いをもっています。『市民の意見』への投稿でも、「私は戦後、一九四七年から一四年間、福島中通りの児童養護施設で孤児たちの世話をしてきた。阿武隈の山や川で遊んだ。当時の保母さん、園児たちで今でも県内で暮らしている人たちがいる。だから他人事では済まされない」と、その思いを述べました。[11]『市民の意見』は「市民の意見三〇の会・東京」[12]の機関誌です。この会はべ平連に関わった人たちが中心になって発足し、非暴力・非軍事による民主主義の実現を目指しています。私は現在も会員で、意見広告運動にも賛同して毎年参加しています。

原発事故の後、二〇一一年六月一一日の新宿アルタ前での脱原発一〇〇万人アクション、九月一一日の経産省を取り囲む「人間の鎖」アクション、九月一九日の明治公園での「さようなら原発集会」に参加。「人間の鎖」アクションでは、経産省を包囲しました。

このとき日比谷公園の中幸門の近くで思いがけず、ベ平連運動でいつもデモ責任者として活動されていた福富節男さん（数学者・元東京農工大学教授）にお会いしました。福富さんは私より五歳年上ですから、当時すでに九〇歳を超えていたはずです。その姿を見て、市民が意見表明のために街頭に出ることの大切さを再確認しました。福富さんはその後、二〇一七年一二月に亡くなり、翌年四月に文京区民センターで行われたお別れ会に、私も連なりました。参会者全員に『デモと自由と好奇心』という市民運動論について述べた著書が贈られ、その信念にふれてデモのたびにお目にかかったことが改めて納得できました。

経産省前・脱原発テントひろば

脱原発テントは二〇一一年九月一一日、山口県上関の原発立地反対の青年四人がハンストをするというので、座り込みなら年寄りでもできると、「9条改憲阻止の会」のメンバーが急きょ経産省前にテント——雨宿りができる程度のものです——を設置して、そこに賛同者が泊まり込んで抗議行動の拠点としたものです。

私も一〇月四日から経産省前のテントへ座り込みに行き始めました。週に一回、首にプラカードを下げて、二、三時間、椅子に座っていただけですが、その短い間にも情報は行き交い、初対面の人とでも話し合います。「峠の茶屋」と評した人もいましたが、それでよいと思っていました。私としてはテントの前に座り込んでいるのが特定のタイプの人だけでなく、年寄りもいる、若い人もいる、いろいろな人たちが集まっているということをアピールするために、看板になるつもりで座っていました。また仕事のある人たちは平日の昼間に座り込むことはできませんから、その時間帯に行きました。自宅の近くからバスに乗るだけで、経産省前のテントまで行けますから、大して労力もかからなかったのです。とはいえ、夏は暑く、蚊避けスプレー持参、水分補給が欠かせません。冬は背中にホッカイロを貼り、膝掛けの毛布持参でした。

このテントが経産省の敷地内にあるということで――経産省の柵の外のポケットパークのようなところです――再三立ち退きを命じられましたが、応じずにがんばっていたところ、二〇一三年三月、国は立ち退きと土地使用料の支払いを求めて、市民メンバーのうち二人を相手取り東京地裁に提訴。結果は一審、二審とも市民側が敗訴して、二〇一六年七月二八日に最高裁が市民側の上告を棄却しました。

この裁判では、私も当事者として陳述書を提出しました。テントでの座り込みは一人一

〈写真 13〉2018 年 9 月 11 日の経産省前の脱原発テントにて，右から 2 番目が私。「NO NUKES 再稼働反対」「福島の悲鳴が聞こえる」のプラカードを示す。

人が個人の意思と責任で行っていましたから、全員が当事者なのです。座り込む理由や事情も個々にあって、特定の代表者や責任者の指図で動いていたわけではありません。二人のメンバーを代表者として被告に定めたのは国の勝手な解釈であり、実状と相違しています。それで「被告は二人だけではない。私も被告だ」という立場から、一審では私も含めて四三名が当事者として、座り込む理由を陳述書にして提出しました。二審でも改めて書き直して提出しましたが、受理されたのかどうかはわかりません。

　私が陳述書で述べた座り込みの理由、すなわち脱原発を訴える理由は、①私自身も暮らす東京という大消費地の電力は、福島原発を含む東京電力により供給されている、②日本は火山列島であり原発の安全は保証できない、③放射能汚染により家に戻れない人、故郷を失った人が大勢いる、④放射能による健康被害（特に子どもの）が危惧される、ということです。

最高裁の決定後もテントの撤去には応じずにいましたが、二〇一六年八月二一日未明に強制撤去されました。しかしその後も引き続き「経産省前テントひろば」としての活動は続いています。経産省正門前での座り込みも毎日続けられていて、[13] 西新橋の事務所からバナー（スローガンを書いた旗や横断幕）や椅子を運んで、五、六人以上が座っています。私は撤去後には座り込みに行っていませんが、「ひろばニュース」としてビラが出されていますので、座り込みに行かなくても現況を知ることができるのです。原発立地で活動している人たちとのつながりを保ち、各地の原発関連の裁判を応援していますし、経産省やエネルギー庁などとの院内ヒアリングで情報を得ています。

二〇一八年九月一一日には「福島は終わっていない！　原発は終わりだ！」と銘打って、経産省本館正門前で「脱原発テントひろば」八年目の記念集会が行われ、私も参加しました。場所が経産省前の歩道（通行人を通す部分は空けておく）でしたので、集まった人たち全体を見渡すことはできませんでしたが、運動の初めの頃からいらした年配の方々の顔もありました。また金曜日の夕方一八時半から、「首都圏反原発連合」による首相官邸前での抗議行動も継続されています。[14]「福島は終わっていない！」ということです。

注

1　人生の出発点―戦時下に育ち、敗戦後の社会へ

(1)『旅人われら Ⅱ　東京女子大学の卒業生たち』東京女子大学、二〇〇七年、一四四頁。

(2)ジョン・デューイ(一八五九~一九五二年)は、アメリカ合衆国の哲学者。プラグマティズム(実用主義、実際主義)を代表する思想家で、進歩的なポピュリスト(大衆主義者)。教育については、子どもは生活の中で実際に行動することによって学ぶものだと考えた。なお、佐々木秀一氏の没年は、『図説教育人物事典(中)』(ぎょうせい、一九八四年)には一九四五年四月とある(六五〇頁)。

(3)旧教育制度では小学校卒業後、男子には中学校(五年制)から高等学校(三年制)、大学(三年制)という進学コースが用意されていたが、女子には原則的に高等女学校(男子の中学校に対応する)しかなかった。それ以上の公的教育は、女子高等師範学校も含めて師範学校のみで、他には私立の女子専門学校か、女学校付属の専門部や高等科に進んだ。また東京の高等女学校はほとんど五年制だが、地方の公立高等女学校には四年制のところが多かった。

(4)東京女子大学を含め、「女子大」と呼ばれる私立学校(四年もしくは三年制)はいずれも、旧教育制度下においては「大学」ではなく「専門学校」だった。男子の進学コースと対応させると高等学校(三年制)に当たる。

（5）女子師範学校（二年制。高等女学校を卒業して進学）は都道府県立で、小学校の教員を養成する課程だった。一方、女子高等師範学校（四年制、略して女高師。現お茶の水女子大学と奈良女子大学）は国立で、高等女学校の教員を養成する課程であり、女高師の卒業生は文理科大学（現筑波大学）への入学が認められた。

（6）註（3）（4）を参照のこと。なお、当時は原則的に、女子は大学への入学を認められていなかった。ただしいくつかの大学が、例外的に専門学校を卒業した女子の入学を認めており、国立大学では東北帝国大学と九州帝国大学の二校、私学では例えば明治大学や早稲田大学などが先駆的に女子に門戸を開いた。

（7）堀江優子「戦時下の東京女子大学における勤労動員と授業─通年動員期（一九四四年七月一五日〜一九四五年八月一五日）の状況─」（『史論』第七〇集、東京女子大学史学研究室、二〇一七年）。

（8）堀江優子編著『戦時下の女子学生たち──東京女子大学に学んだ60人の体験』教文館、二〇一二年。

（9）空襲による火災で重要施設が延焼しないよう、防火地帯を設ける目的で建物を撤去すること。行政機関が撤去を決定すると、通知後、強制的に取り壊されて撤去された。

2　堀川愛生園の子どもたちと暮らす

（1）堀川愛生園のホームページには、「一九四五年一〇月、棚倉町堀川《ほっかわ》の山林中に戦災孤児の救済を目的として、神部周平（日本基督教団神田三崎教会員）により創設」と記載されている。創設以来、キリスト教精神に基づき、「本来子どもは家庭で育つべきである」という養育理念の下、少人数の子どもと、父母役の職員が一つの家族として生活する小舎制の養育を行っている。（https://aiseien.wixsite.com/aiseien/blank-1、二〇一九年六月一二日閲覧）。

（2）キリスト教学者。一九四〇〜四八年には東京女子大学学長を務め、谷さんが在籍した高等学部の学部長も兼任した。戦時下、大学のキリスト教精神を守り、教育機会を確保するために最大限の努力をし、そのため軍部や特高（特別高等警察）の監視を受けていた。谷さんたちは石原氏を大変尊敬し、当時は心配もしていた。

3　戦争責任を考える、市民運動に関わる

（1）一九六九年一一月一七日、佐藤栄作首相は翌年期限切れになる日米安全保障条約について協議するために渡米した。この渡米を阻止しようとして、一六日には全国で抗議集会が開かれ、七二万人が参加したといわれる。また左翼運動の学生たちは一六日、一七日にかけて武装闘争を行ったが、二五〇〇人以上の逮捕者を出して排除された。

（2）一九六七年一一月一一日、佐藤栄作首相の北爆支持と訪米に抗議する激しいデモがあり、由比忠之進氏はこのデモに参加した後、一人で首相官邸前に赴き、抗議の焼身自殺をした。このとき由比氏が携えていた佐藤栄作首相宛の抗議書の要旨は、米国に

対する沖縄返還交渉の弱腰を批判し、まず日本の要求事項を決定し、粘り強く交渉すべきことを要望。また、ベトナム戦争における米国の北爆拡大、新兵器（枯れ葉剤）の残虐さを批判し、「ベトナム民衆の困苦を救う道は、北爆を米国がまず無条件に停止するほかはない。ジョンソンと米国に圧力をかける力を持っているのはアジアでは日本だけなのに、圧力をかけるどころか北爆を支持する首相に深いいきどおりをおぼえる。わたくしは本日公邸前で焼身死をもって佐藤首相に抗議する。第三国人のわたくしが焼身死することはもの笑いのタネかもしれないが、真のベトナム平和と世界平和を念願する人々がわたくしの死をムダにしないことを確信する」と書かれていた。

（『朝日新聞』一九六七年一一月一三日参照）。

（3）『朝日新聞』の「ひととき」欄に投稿したり、投稿に手紙を寄せた女性たちが、一九五五年に東京で結成したグループ。活動理念は、平和憲法を守り、戦争と差別のない社会をつくること。六〇年安保反対運動では日傘をさして国会へ行き「パラソルデモ」と呼ばれ、七〇年から始めた平和デモは解散まで続いた。会員の高齢化により二〇〇四年に解散。事務を務めた会員の一人は「戦争で抑圧された一人ひとりの思いを大切にする会でした。今の若い人の熱気のなさを、残念で悲しく思います。戦争中は情報が閉ざされ、今は情報がありすぎて、自分の考えが見極められなくなっているのでは」と言う。（「東日本『草の実会』解散へ」、『朝日新聞』二〇〇四年三月三〇日）。

（4）三里塚闘争では一九七一年二月に第一次行政代執行（警察や機動隊による住民や反対

派の強制排除）があり、同年九月に第二次行政代執行が行われた際、東峰十字路付近で反対派と機動隊との衝突が起きて、警官三名が亡くなった。

（5）二〇〇〇年以降、アメリカ国立公文書記録局が公開した沖縄返還関係の公文書や、日米の関係者たちの証言から、両国間で多くの密約が交わされていたことが明らかになった。

当時、佐藤栄作政権は沖縄返還について、核ぬき、本土並み、返還費用の日本側負担は三億二〇〇〇万ドル、という説明をしていた。しかし実際は、アメリカ軍による基地の自由使用が引き続き認められ、核持ち込みもまた容認されていた。しかも返還後の沖縄において認められたことは、本土の基地にも敷衍されることになり、「沖縄が本土並みになる」と言うよりは、「本土が沖縄化された」というのが現実だった。またアメリカは返還費用を一切負担せず、却って返還の代償として六億ドル以上を要求し、日米は六億八五〇〇万ドルで合意した（一九六九年一一月一〇日柏木・ジェーリック秘密合意）。この金額はアメリカが二七年間の沖縄統治に投入した金額にほぼ等しい。しかもその後（一九七〇〜七一年）、在沖縄ボイスオブアメリカの海外移転費用一六〇〇万ドルと、米軍用地復元補償費用四〇〇万ドルの肩代わりも追加された（この四〇〇万ドルの密約が露見したのが、蓮見さんの事件）。アメリカは、日米地位協定により本来は自国が負担すべき基地移転費や基地改良費を日本に肩代わりさせたうえ、この肩代わりが日米地位協定上で可能になる拡大解釈を要求して、その後の「思いやり予算」の端緒を開いた。

こうした密約の多くはすでに一九六九年の時点で決定していたが、琉球政府は一九七〇年六月から日米交渉が始まるという公式の発表を信じて、基地を含めた米資産を沖縄の県有財産とするように、日本政府に対して陳情をしていた。(西山太吉『沖縄密約』岩波新書、二〇〇七年、参照)。

(6) 蓮見さんのことを考える女性の会『記録　蓮見さんをなぜ裁くのか　沖縄密約電報事件をめぐって　女性は知る権利を守り抜く』一九七二年一一月二〇日発行、B6判、六四頁。

(7) 前掲『記録　蓮見さんをなぜ裁くのか』一八頁に転載。

(8)「蓮見さんを見つめて」(『朝日ジャーナル』一九七四年二月一五日)

(9) 日本平和学会編『平和をめぐる14の論点　平和研究が問い続けること』法律文化社、二〇一八年。

(10) 前掲『平和をめぐる14の論点』九四頁。

(11) 山梨県忍野《おしの》村忍草《しぼくさ》は、標高九五〇メートルの寒冷地、火山灰の酸性土壌という厳しい条件のため、農民たちにとって富士山麓の梨ヶ原は農業や生活のために欠かせない土地である。そのため江戸時代から、入会地として連綿と利用されてきた。明治になって国営地となり、一九三六年には旧日本陸軍が接収して北富士演習場となっても、農民たちは入会権を実力行使してきた経緯がある。しかし敗戦後に米軍が接収すると入会権が無視されて入れなくなり、ここから入会権闘争が始まる。一九五八年に日本に返還され、自衛隊の演習場となってからも米軍による演習が続いた。そして一九六〇年、地元農家の女性たちが、安保反対のデモに参加したことをきっかけに「忍草母の会」を結成し、入会権を求める運動を開始した。（忍草母の会事務局『北富士入会の闘い―忍草母の会の42年―』御茶の水書房、二〇〇三年、一四、一五、三八、三九頁）。

（12）前掲『北富士入会の闘い』（二六五頁）の「北富士闘争年表」に「一九七一年一一月一〇日　沖縄返還協定の強行採決に抗議して一ヵ月間国会に座りこむ」とある。

4　入管体制・国籍法の問題に関わる

（1）以前は出入国管理法の外国人登録制度により、外国人登録証の常時携帯が義務づけられ、登録証に指紋押捺が必要だった。二〇一二年に施行された法改正により、在留カードが導入され、外国人登録制度が廃止されたため、指紋の押捺も必要なくなった。

（2）再入国の手続きを簡略化する制度。外国人が日本を出国すると在留許可は消滅するが、出国前に再入国許可を受ければ、もとの在留許可が継続してビザを取り直す必要がなくなる。ただし、北朝鮮籍の場合は再入国許可を取りにくく、里帰りも容易ではなかったし、海外旅行や留学などのときにも問題となった。二〇一二年に在留カードが導入されて以降、在留カードを所持していれば、出国後一年以内は原則として在留許可が継続するようになった。

（3）一九七二年一二月に設けられた、日本における台湾の窓口機関。同年九月、日本は中華人民共和国と国交を結び、中華民国（台湾）との国交が断絶したので、両国の民間交流を続けるための実務機関として設けられた。二〇一七年五月に、亜東関係協会から台湾日本関係協会と改称した。

（4）亜東関係協会の東京事務所は亜東関係協会東京弁事処と称したが、一九九二年に台北駐日経済文化代表処と改称した。

（5）政府は一九六九、七一、七二、七三年と、四たびにわたり、出入国法案を国会に上程したが、いずれも廃案になった。

（6）土井たか子編『「国籍」を考える』時事通信社、一九八四年、「はじめに」。

（7）シャピロ・エステル・華子ちゃんは、日本国籍の母と米国籍の父との長女として日本で生まれた。日本の国籍法が父系優先血統主義をとるため、母の日本国籍を取得することができず、また父は移民として米国籍を取得したが、米国在住期間が一〇年に満たないため、米国外で生まれた子どもは米国籍を取得できない。そのため華子ちゃんは無国籍児となった。

夫妻は日本に居住することを希望し、華子ちゃんに母の日本国籍を継承させることを求めて一九七七年、国を相手取り東京地裁に提訴、以下の点で国籍法の違憲性を訴えた。①国籍法第二条の父系優先血統主義は、性による差別を禁じた憲法第一四条に違反する。②子に日本国籍を取得させるには、子を非嫡出子とするため、夫と内縁関係にならざるを得ない（国籍法二条三号に、非摘出子か父が無国籍の場合は、母の日本国籍を継承できると定められていた）。これは個人の尊重をうたった憲法第一三条及び両性の本質的平等を定めた第二四条に違反する。（前掲『「国籍」を考える』一〇三―六頁）

（8）日本国籍の杉山悦子さんと米国籍の夫の間に生まれた佐保里ちゃんは、日本の国籍法の定めにより米国籍となったため、国に対して佐保里ちゃんの日本国籍取得を求めて、一九七八年に東京地裁に提訴した。父系優先血統主義により利益を侵害されているのは子どもだけでなく、母（女性）である自分も同様であると考えて、悦子さん自身も佐保里ちゃんとともに原告となった。原告側弁護士はシャピロ・エステル・華子事件と同じであり、両裁判は同趣旨のものとして一括審理された。（前掲『「国籍」を考える』一〇七―八頁）

（9）正式名称は「女子に対するあらゆる形態の差別の撤廃に関する条約」。一九六七年に国連総会で採択された「女性差別撤廃宣言」を前身とし、一九七九年一二月国連総会で採択、八一年に発効した。

（10）日本政府は条約への署名を見送ると表明したが、「国内の婦人団体や市川房枝氏を先頭とする婦人議員たちの強い抗議に押されて」署名することを決定した。（前掲『「国籍」を考える』一一七頁）

（11）旧国民年金法第七条一項「日本国内に住所を有する二〇歳以上六〇歳未満の日本国民は、国民年金の被保険者とする」を指す（在日韓国人・朝鮮人の国民年金を求める会編

『国籍差別との闘い　年金裁判　勝利への記録』凱風社、一九八四年、二二二頁）。

（12）一九七七年一〇月三一日に設立されたこの会は、第一に金さんの闘いを支え、年金の支給を勝ち取ること、第二に国民年金法における国籍条項を撤廃することを目的とした。（前掲『国籍差別との闘い』二二三頁）。

（13）「二人の死に想う」（穂積五一先生追悼記念出版委員会『内観録―穂積五一遺稿（一九八三年）』一九八三年、四九九〜五〇三頁）。初出は『われ御身を愛す　愛親覚羅慧生　大久保武道　遺簡集』（鏡浦書房、一九六一年）の「あとがき」。

5　「アジアの女たちの会」での活動

（1）当時、韓国政府はキーセン観光を外貨獲得政策と位置づけ、一九七三年には観光事業振興法を改正して、観光協会料亭課に登録した「観光妓生《キーセン》」に接客証明書を発行し、証明書保持者にはホテルの出入りと夜間の通行を自由にした（この頃、深夜の通行禁止措置が全国で実施されていた）。接客証明書を取得するには教養講座を受講することが義務づけられ、著名人や教授が講師となって、女性たちが稼ぐ外貨が韓国の経済発展にいかに貢献するかを説き、接客マナーなどを教えた。一九七三年度の統計では、観光協会料亭課が発行したものの他、料亭が直接発行したものなども合わせて、接客証明書を所持する女性は四万人に上ったという（宋連玉、金栄編著『軍隊と性暴力―朝鮮半島の20世紀―』現代史料出版、二〇一〇年、三三〇頁）。

(2) アジアの女たちの会は、日本人男性による買春ツアーに反対した女性たちにより、一九七七年に発足。アジアの政治犯支援や、日本企業のアジア進出、開発援助、観光開発、人身売買などに関わるさまざまな問題について運動した。また機関誌『アジアと女性解放』の刊行、連続セミナー「女大学」の開催などの活動も行った。一九九四年、発起人の一人松井やよりが朝日新聞社を定年退職したのを機に、国連協議資格をもつNGO「アジア女性資料センター」へと組織改変《（ママ）》を行った。（アジア女性資料センターHP、http://ajwrc.org/jp/modules/pico/index.php?content_id=11、二〇一九年三月八日閲覧）

(3) 柳寛順は梨花学堂（現梨花女子大学）在学中に、三一独立運動に参加した後、帰郷して独立運動を続け、同年四月二日に並川でデモを扇動して逮捕された。この時、日本の憲兵隊が発砲したため、彼女の両親を含む三十余名が死亡。その後、裁判で懲役三年の有罪判決を受けて服役したが、獄中でも節を曲げず、拷問で衰弱した体に余病を併発して死亡した。「朝鮮のジャンヌ・ダルク」と呼ばれている。（『朝鮮韓国近現代史事典』日本評論社、『新版　韓国朝鮮を知る事典』平凡社など参照）

　ただし実際の記録はほとんどなく、事実を離れて誇張された話が小学校の教科書にまで掲載されている現状について、冷静に史実を確認すべき、という指摘もある。（『中央日報』二〇〇二年二月二六日／中央日報日本語版 https://japanese.joins.com/article/j_article.php?aid=24426&sectcode=400&servcode=400、二〇一九年三月一七日閲覧）

(4) アジアの女たちの会『アジアと女性解放』創刊準備号、一九七七年、二、三頁。

（5）前掲『アジアと女性解放』No.2、一九七七年一〇月、二七頁。同No.3、二七頁。

（6）前掲『アジアと女性解放』No.13、一九八三年一月、三一頁。

（7）前掲『アジアと女性解放』No.2、二六頁。

（8）台湾の精華旅行社社長林秀格氏は、三年前から日本の業界誌に「旅行業界の皆様におうかがい申し上げます。恥という字をご存知ですか。あなたのサラリー、ボーナス、そして配当の一部分が、女性の春をひさいだお金からしぼり出されているという事実に目をつぶらないで下さい」という意見広告を長期掲載してきた。しかし、日本の旅行業界からの反応はサッパリだった。（「日本男性の〝夜の観光〟旅行　批判の声封じられた」、『朝日新聞』一九七七年一二月一日）。

（9）注（8）の記事。林社長は、第一回日本・国際観光会議の二日目、パネルディスカッション後の質疑応答の折、「東南アジアへのパッケージ旅行の費用が売春斡旋や買い物リベートで賄われていることについてどう思うか」と質問票に書いて提出したが、時間切れということで質問の機会を与えられなかった。近年は日本の旅行業者がコスト以下にたたくので、日本人観光客に買春を斡旋して埋め合わせなければ採算が取れなくなった。トラベルサービスではなく、ポン引きサービスをするのは嫌なので、林氏の旅行社では一〇年前から旅行客を海外に送り出す仕事に重点を移したという。

（10）一九八〇年一〇月二二日の衆議院外務委員会で土井たか子議員は、同年九月にマニラで開催された国連の世界観光会議に先立ち、同地で開かれた観光問題の民間会議の席上で、日本男性の買春旅行が厳しく批判され、またフィリピンの市民団体から抗議文書が出されたことを取り上げて、外務大臣や運輸省の担当官に対応をただした。抗議文書は日本のパッケージツアーの中にあらかじめ買春行為が組み込まれていると指摘している。しかし担当官は答弁でその事実を認めず、旅行先の地元業者の斡旋によるものが多いとの発言もあった（第九三回国会衆議院外務委員会議事録第二号）。翌週二九日の同会には日本旅行業協会会長を呼んで実態を追及し、旅行代金のダンピングが買春行為につながっている可能性を指摘して、海外旅行の健全化を強く申し入れた。

（第九三回国会衆議院外務委員会議事録第四号）。

（11）一九八〇年一一月二七日に、観光労連が「集団買春ツアー反対」を表明している（『ジャパゆきさん物語』別冊宝島五四、第六部資料編年表）。

（12）韓国では朴正熙大統領殺害事件の後、実権を握った全斗煥陸軍少将が一九八〇年五月一七日、すでに出されていた非常戒厳令を全国に拡大することを閣議決定し、翌一八日に民主化運動家の金大中氏らを逮捕した。これをきっかけに、光州《クアンジュ》市を中心に学生および市民が蜂起する事件が勃発。二一日には、光州でデモ隊に軍が発砲して制圧にかかり、多数の死傷者を出す。武装した市民は一時全羅南道道庁を占拠したものの、二七日に政府軍によって鎮圧された。金大中氏は事件の首謀者とされ、またスパイ容疑をかけられて、軍法会議で死刑判決が下された。

（13）清水知久、和田春樹著『金大中氏たちと共に　三世代市民運動の記録』新教出版社、一九八三年、二四頁。
(14) 運動全体では、最も多いときは四五〇人が「殺すな」の声をあげて歩いた（前掲『金大中氏たちと共に』二七〇頁）
(15) 日本でも反戦・平和運動などで広く歌われた。讃美歌第二編一六四番に採られている。「勝利を望み　勇みて進まん　大地踏みしめて　ああ、希望にあふれて　我らは進まん」（一番の歌詞）。
(16) 一九八三年四月一六日付で、運動の終結宣言が出されている（前掲『金大中氏たちと共に』一四一、二頁）。
(17) 前掲『金大中氏たちと共に』三〇三頁。
(18) 土井たか子・村井吉敬・アジア人権基金編『アジア・ヒューマンライツ　アジア人権基金の歩み』梨の木舎、二〇一〇年、二一頁。
(19) 高里氏はじめ「基地・軍隊を許さない行動する女たちの会」の一三人は、一九九六年二月三日に沖縄を発って渡米し、二週間の日程でサンフランシスコ、ワシントン、ニューヨーク、ホノルルを回り、一五回以上の集会を持ち、国連、米上下院議員のスタッフに会い、人権・平和・女性問題に取り組む組織を訪ねて、過去五〇年の米軍犯罪の総点検、軍隊の撤退、軍隊の人権教育、地位協定と安保の見直し、特別調査員の派遣などを求めた。（高里鈴代『沖縄の女たち―女性の人権と基地・軍隊』明石書店、一九九六年、三頁、二三四頁）

(20) 毎月第一月曜日、定例抗議行動(一八時半〜)。場所:防衛省前。主催:辺野古への基地建設を許さない実行委員会。(沖縄・一坪反戦地主会関東ブロック・ホームページ、http://www.jca.apc.org/HHK/、二〇一九年一一月三日閲覧)

(21) 一九五三年一〇月に米国ワシントンの国務省において、池田勇人(吉田茂首相の特使)と、ウォルター・ロバートソン国務次官補が、日本の安全保障体制について会談を行った。この会談で日本は米軍が国内に駐留することを是認し、有事の際自衛隊は米軍と協力することなどを取り決めた。さらに「日本国民の防衛に対する責任感を増大させるような日本の空気を助長することが重要である」として、教育および広報によって日本国民の愛国心と自衛精神を成長させることで合意した。(『朝日新聞』一九五三年一〇月二五日)。

これを受けて学校教育への統制が始まる。学習指導要領に「日の丸・君が代」条項を新設し、教科書検定の強化もこの路線上に行われている。

(22) 前掲『アジアと女性解放』№13、一九八三年一月、三〇頁。

(23) 高校の日本史教科書の沖縄戦に関する部分で、検定により削除されたのは「また戦闘のじゃまになるとの理由で、約八百人の沖縄県民が、日本軍の手で殺害された」という記述。最初の検定で「こういうことはだめだ」と指摘され、二回目で「また混乱を極めた戦場では、友軍による犠牲者も少なくなかった」と改めたが、再びひっかかり、三回目は「沖縄県史には友軍によって殺害された県民の体験がある」としたが認められず、結局削除された。この件について、答弁に立った宮澤喜一外務大臣臨時代理は「所管でないので事実関係がわからず答えられない」と繰り返し、説明に立った教科書検定課長は、「八百人」という数字について、『太平洋戦争史』からの引用だが、これは『沖縄県史』の記述から推定した数字で、『沖縄県史』には八〇〇人という数字はないし、それ以外の根拠資料が示されなかった。またその理由を「戦闘のじゃまになる」だけで包括する表現はいかがか、と述べた。二回目、三回目の記述を認めなかった理由については、当初調査官から出た意見は記録があるが、それ以降は記録がないとして答えず、『沖縄県史』を否定するわけではないが、断言できる根拠が著者側から出てこなかった、と言葉を濁した。玉城議員は最後に、沖縄戦における歴史的な厳然たる事実を全面削除したのは、沖縄戦そのものを否定していくことにもつながりかねず、沖縄県民として大ショックであると述べている（「第九十六回国会衆議院外務委員会議事録　第二十三号」一九八二年七月三〇日）。

(24) アジアの女たちの会、8・15とアジアグループ（アジア文化フォーラム）編『教科書に書かれなかった戦争』梨の木舎、一九八三年、一六頁。

(25) 前掲『教科書に書かれなかった戦争』、一八頁。

(26) 靖国神社を日本政府の管理下に戻すために提出された法律案。同社は戦前、国と軍が管理する特別な神社だったが、戦後は政教分離の原則に則り、一般の宗教法人となった。しかし神社本庁および日本遺族会（戦没者の顕彰と慰霊を行い、遺族の相互扶助を実施する法人）を中心に、国家管理に戻そうとする運動があり、一九六九年から七三年にかけて毎年、靖国神社法案が自民党から国会に提出されたが、いずれも廃案となった。

(27) 中華人民共和国成立後に開設した戦犯管理所。撫順の戦犯管理所には一九五〇年、ソ連に抑留されていた日本人戦犯九六九人が移管された。塚越氏もその一人。戦犯管理所では十分な食事を与えられ、強制労働もなく、中国人職員は礼儀正しく接しながら、戦犯たちの改造教育を行った。最初は不信感を持ち反抗的だった戦犯たちも次第に心を開き、数年を費やして、自分たちの犯した行為を告白し、心から謝罪するに至った。並行して行われた戦犯裁判で処刑された者はなく、改心した戦犯たちは寛大な判決を下されて日本に帰国した。塚越氏も含め、帰国した元戦犯たちは「中国帰還者連絡会」をつくり、戦争体験の証言や反戦・平和活動を続けた。（『女性国際戦犯法廷のすべて』アクティブ・ミュージアム「女たちの戦争と平和資料館」二〇〇六年、四四、四五頁。朝日新聞山形支局『聞き書き　ある憲兵の記録』朝日新聞社、一九九一年、二三五～五八頁など参照）

(28) 塚越氏は「〝日本の侵略〟という歴史的事実が子どもの意識から消えた時には、再び日本は銃を取ることになるでしょう。（中略）そういう意味で、私は敢えて自らの罪業をここで語りたいと思います」（前掲『教科書に書かれなかった戦争』、八七頁）と話し始め、また「私は別に中国が言ったからではなく、日本民族が犯してしまったことに対する反省は、日本民族の手で解決せねばならないということを言いたかった訳です」（同、一〇六頁）とも述べている。

（29）前掲『教科書に書かれなかった戦争』は一九九五年に第五刷が出版され、現在でも販売されている。本書の出版後、「教科書に書かれなかった戦争シリーズ」として、戦争をテーマにさまざまな視点や立場から書かれた本が出版され、六三冊が出ている。

（30）一九九二年五月、東京都江戸川区新小岩でスナックに雇われていたタイ人女性六名が、店を運営していたスナックのママの台湾人女性を殺害した事件。六名のうち五名は起訴され、一名は一五歳の未成年だったので、家裁に送致されて少年院に入った。この経営者はタイ人女性たちに売春を強要し、外出を禁じて給料も支払わず、タイ語を使ったり、サービスが悪かったりすると一〇万円の罰金を課していた。逮捕後には弁護士との接見を妨害した形で警察、検察の取り調べが行われ、また東京拘置所の一般面会においては、彼女たちが日本語をほとんど話せなかったにもかかわらず、「面会者がタイ語を一言でも話したら面会を中止する」としてタイ語の使用を禁じた。理由はタイ語のわかる職員がいなかったため。こうした対応も問題だった。（前掲『アジアと女性解放』No.21、一九九二年一一月、七頁）。

（31）少年が故意の犯罪行為によって被害者を死亡させ、犯行時に一六歳以上であった場合は、原則として事件を検察官に送致する（原則検送制度）。この場合、検察官は原則として、少年を地方裁判所または簡易裁判所に起訴する。（「裁判所」ホームページ http://

www.courts.go.jp/saiban/syurui_syonen/syonen_syurui/index.html」、二〇一九年四月二〇日参照）

6　「慰安婦」問題に関わる

（1）富山妙子『アジアを抱く——画家人生　記憶と夢』（岩波書店、二〇〇九年、二一二～三頁）によると、富山氏は「慰安婦」をテーマにした個展の会場で、「ぼくは陸軍衛生兵で、軍医が慰安婦の性病の検査をする助手をさせられた」という元陸軍上等兵と知り合い、彼の導きで「支那派遣軍、武漢兵站副官、慰安係長、山田清吉陸軍大尉」と会って話をした。山田氏は著書『武漢兵站　支那派遣軍慰安係長の手記』（図書出版社、一九七八年）を富山氏に贈呈し、その本には「漢口の特殊慰安所は江漢路と中山路の交叉点を南下した難民区の中の積慶里の一廓にあり、高い煉瓦塀で外部と遮断されていた。そのなかに清富士楼、戦捷館、大阪清南楼とかがあり、朝鮮人が経営する三好楼、泰平館、平和館、花乃屋、武漢楼などがあり、内地慰安婦百三十名、朝鮮人慰安婦百五十名がいた（要約）」と書かれていた。しかし、富山氏との対話において山田氏は、「敗色が濃い一九四三年には、官給のコンドームも欠乏してきた。やむをえず一回使用したものを洗浄して再使用した」などと話したが、慰安婦については言及せず、沈黙したという。

また、前掲（→二一七頁）『聞き書き　ある憲兵の記録』で、かつて関東軍の憲兵だった土屋芳雄氏は「慰安婦」について以下のように述べている。「軍は、皇軍の兵の間で病気がはびこるのを恐れ、性病には神経をつかった。毎月一回、検梅と称して軍医が、彼女たちを診察した。この場に、憲兵も立ち合った。(中略)満洲での彼女たちも、貧しさゆえに売られた農村出身者が多かった。国内で売られ、さらに満洲に転売された女性もいた。朝鮮出身の彼女たちも、女衒の手で売られてきていた」(一四三〜四頁)。

(2)慰安婦に対する意識の一例として。黒木ハマ『女一人の約束—黒木ハマ自伝』(日本エディタースクール出版部、一九八一年)によると、当時満洲鉄道に勤務していた著者は、満州事変直後から一九三五年三月まで、満鉄事務所内に置かれた関東軍線区司令部の専属タイピストとなった。そこでタイプするように渡された、作戦用に発送する各種品目のリストの中に「女」とあるのに驚き、何かの間違いだと思って軍の担当者に尋ねると「女でいいよ」と言われ、「どうして〝女〟が荷物ですか?」と尋ねたが、軍人は「お前はまだ子供だね。いいから原稿通りにタイプしなさい」と取り合わなかった。後に、「女」は「慰安婦」と書かれるようになったという(一三〇、一三一頁)。

(3)元日本兵として、女性国際戦犯法廷(↓一六五頁)に参加した鈴木良雄氏は、法廷で「『ミサオ』という朝鮮人『慰安婦』がいる慰安所に、毎晩脱柵して密かに通いました。彼女は、看護婦募集と騙されて慰安所に入れられた、と泣きながら話していました」と証言している。(前掲〈↓二一七頁〉『女性国際戦犯法廷のすべて』四五頁)。

(4)アジア女性基金(↓一六一頁)呼びかけ人の大沼保昭氏は「八〇年代に在日韓国婦人会の幹部の人たちから、今更ほじくり返してほしくない、私がその立場だったら絶対イヤだ、先生は男だから分からないよと言われましたことが印象に残っていて、私自身は問題にかかわってこなかったのです」と述べている。（大沼保昭、下村満子、和田春樹編『「慰安婦」問題とアジア女性基金』東信堂、一九九八年、一四頁）。

（5）一九八八年八月、尹貞玉《ユン・ジョンオク》さん（後に韓国挺身隊問題対策協議会〈→注10〉代表）が「かにた婦人の村」を訪れている（『かにた婦人の村　創立50周年記念誌』ベテスダ奉仕女母の家、二〇一五年、五六頁）。また、尹貞玉他『朝鮮人女性がみた「慰安婦問題」―明日をともに創るために』（三一書房、一九九二年）に、日本人元「慰安婦」として城田さんの名が出てくる（二四八頁）。

（6）女性たちを慰安所へ連れて行ったのは、ほとんどが業者や抱え主たちだった（朴裕河『帝国の慰安婦　植民地支配と記憶の闘い』朝日新聞出版、二〇一四年、一〇一頁）。日本軍と業者の関係も時期や場所によりさまざまで、証言には普通の料理屋から奥地の粗末な慰安所まで、多様な形の慰安所が登場するが、そこに注目すると日本の責任を免罪することになりかねず、日本軍の加害を強調するほうが、日本の責任を明確にして慰安婦問題の解決につながる、との考え方が主流だった。しかし朝鮮人慰安婦をめぐる複雑な構造に向き合わず、慰安所に関する責任の主体を日本軍や日本国家だけにして単純化したことは、逆にこの問題への理解を妨害し、結果的に解決を難しくした（同一一三頁）。

（7）一九九三年、名古屋の研究者らが韓国へ行き、一九四三年五月～四五年八月の『毎日新報』の縮刷版を調査したところ、一九四四年一〇月二七日と同年十一月一日の紙面に、「『軍』慰安婦急募」の広告を発見した。「『軍』慰安婦急募／一、行先　〇〇部隊慰安所／応募資格　年齢十八歳以上三十歳以内身体強健な者／募集期日　十月二十七日から十一月八日まで／出発日　十一月十日頃／契約及待遇　本人面談後即時決定／募集人員　数十名」などとあり、希望者は「朝鮮旅館内　光⑧二六四五（許氏）」まで問合せとして、京城府内の住所の記載がある（『朝日新聞』一九九三年九月一八日、「朝鮮の新聞で大戦末期慰安婦急募の広告」）。

　この広告を見た女性が直接応募するより、「業者」が自分の抱える女性を連れて応募する可能性が高かったのではないだろうか。

（8）敗戦直後（一九四五年八月付）に書かれた「特殊慰安施設協会趣意書」には以下のようにある。「（前略）一億の純潔を護り以て国体護持の大精神に則り、先きに当局の内命をうけ、東京料理飲食業組合、東京待合業組合連合会、東京接待業組合連合会、全国芸妓置屋同盟東京支部連合会、東京都貸座敷組合、東京慰安所連合会、東京練技場組合連盟の所属組合員を以て、特殊慰安施設協会を構成致し、関東地区駐屯部隊将士の慰安施設を完備するため計画を進めて参りました。（中略）本協会は右の趣旨に基づき、直ちに運営を開始致します所存でございます（後略）」。同時に同協会が出した声明書には「『昭和のお吉』幾千人かの人柱の上に、狂瀾を阻む防波堤を築き、民族の純潔を百年の彼方に護持培養すると共に、戦後社会秩序の根本に、見えざる地下の柱たらんとす」との文言も見える（『資料集成　現代日本女性の主体形成　第一巻　激動の十年―一九四〇年代』ドメス出版、一九九六年、六三～六五頁）。

こうした「業者」が、戦時下において日本軍に「慰安婦」を仲介したのと同様に、敗戦直後には行政当局の命を受けて、駐留する連合国軍兵士向けに「慰安婦」を仲介した状況がわかる。また、現職の女性だけでは足りなかったのか、同年九月三日（毎日新聞、読売報知新聞）、五日（読売報知新聞）に、特殊慰安施設協会が以下のような新聞広告を出している。「急告／特別女子従業員募集／衣食住及高給支給　前借ニモ応ズ／地方ヨリノ応募者ニハ旅費ヲ支給ス」（前掲書、六七頁）。大新聞に堂々と掲載されたこの広告が「連合国軍兵士相手の売春婦」を募集するものとは思いも寄らず、応募した女性がいたとしても無理はない。

韓国でも戦後、韓国軍「慰安婦」、連合国軍「慰安婦」・在韓米軍「慰安婦」（各軍の要請による）、そしてキーセン観光（外貨獲得のため）などにおいて、いずれも「業者」が韓国政府と連携して営業している（宋連玉、金栄編著『軍隊と性暴力―朝鮮半島の20世紀―』現代史料出版、二〇一〇年、八章および二章、五章を参照）。

（9）この記事の「日中戦争や第2次世界大戦の際、『女子挺身《ていしん》隊』の名で戦場に連行され、日本軍人相手に売春行為を強いられた『朝鮮人従軍慰安婦』のうち、一人がソウル市内に生存していることがわかり……」という部分について、朝日新聞社は二〇一四年一二月二三日朝刊において、この女性（金学順さんのこと）が女子挺身隊の名で戦場に連行された事実はなかったことを認め、「『女子挺身隊』の名で戦場に連行され」とした部分を誤りとして訂正した。

（10）韓国挺身隊問題対策協議会（略して挺対協）は一九九〇年一一月一六日、日本軍「慰安婦」問題の解決を目指して、韓国の三七の女性団体により結成された。日本政府に謝罪と賠償を要求する運動のほか、元「慰安婦」をサポートする活動を行っている。一九九二年より水曜デモ（→一七二頁）を主催。（尹美香《ユン・ミヒャン》著・梁澄子《ヤン・チンジャ》訳『20年間の水曜日—日本軍「慰安婦」ハルモニが叫ぶゆるぎない希望—』東方出版、二〇一一年、一一九頁）。

なお「慰安婦」の問題が提起され始めた当初、工場などの勤労に動員される「女子勤労挺身隊」と「慰安婦」とを混同する傾向が、日韓双方にあった。「韓国挺身隊問題対策協議会」の名称はそれを反映している。この混同については早い時期から指摘され、すでに同会も両者が別の存在であることは認識している。しかし同会が活動初期に「挺身隊」を「慰安婦」と勘違いしたことは明言されず、韓国社会では今に至っても「挺身隊＝慰安婦」の図式が根強くある。（前掲『帝国の慰安婦　植民地支配と記憶の闘い』一三三～五頁）

（11）「アジア太平洋戦争韓国人犠牲者補償請求事件」訴状（一九九一年一二月六日）の金学順さんの証言には「（前略）『そこへ行けば金儲けができる』と説得され（中略）養父に連れられて中国へ渡った。トラックに乗って平壌駅に行き、そこから軍人しか乗っていない軍用列車に三日閥《ママ》乗せられた。何度も乗り換えたが、安東と北京を通ったこと、到着したところが、『北支』『カッカ県』『鉄壁鎮』であることしかわからなかった。『鉄壁鎮』へは夜着いた。小さな部落だった。養父とはそこで別れた。(中略)翌日の朝(中略)将校が来た。(中略)『心配するな、いうとおりにせよ』といわれ、そして、『服を脱げ』と命令された。暴力を振るわれ従うしかなかったが、思い出すのがとても辛い。(後略)」とある。

また金さんは『証言―強制連行された朝鮮人軍慰安婦たち』(韓国挺身隊問題対策協議会・挺身隊研究会編、明石書店、一九九三年、四四〜六頁)では次のように語っている。
「(前略)北京に到着してある食堂で昼食をとり出てくる時、日本の軍人が養父を呼び止めました。数名いた中で階級章に星二つをつけた将校が、養父に『お前たちは朝鮮人じゃないのか』と聞きます。(中略)『スパイじゃないのか? こっちへ来い』と言って養父を連れて行きました。(中略)トラックに乗れと言うので乗らないと言いましたが、両側からさっとかつぎ上げられて乗せられてしまいました。少したって養父を連れて行った将校が戻って来た後、トラックはすぐ出発しました。(中略)翌日、まっ暗な中、トラックに乗っていた人たちが全員降ろされました。(中略)少し時間がたって昼に養父を引っぱっていった将校が部屋に入って来て、私を布で仕切った隣の部屋へ連れて行きました。(中略)その将校は私を抱きかかえながら服を脱がせようとしました。抵抗しましたが、服はみな引き裂かれてしまい、結局その将校に私は処女を奪われてしまったのです(後略)」。

（12）前掲『アジアを抱く――画家人生　記憶と夢』二四二頁。

（13）一九九三年八月四日、政府の「慰安婦」に関する調査発表（第二次分）とともに発表された河野官房長官の談話。以下は抜粋。

「本件は、当時の軍の関与の下に、多数の女性の名誉と尊厳を深く傷つけた問題である。政府は、この機会に、改めて、その出身地のいかんを問わず、いわゆる従軍慰安婦として数多くの苦痛を経験され、心身にわたり癒しがたい傷を負われたすべての方々に対し心からお詫びと反省の気持ちを申し上げる。また、そのような気持ちを我が国としてどのように表すかということについては、有識者のご意見なども徴しつつ、今後とも真剣に検討すべきものと考える。

われわれはこのような歴史の真実を回避することなく、むしろこれを歴史の教訓として直視していきたい。われわれは、歴史研究、歴史教育を通じて、このような問題を永く記憶にとどめ、同じ過ちを決して繰り返さないという固い決意を改めて表明する」（「デジタル記念館　慰安婦問題とアジア女性基金」サイトの「内閣官房長官談話」http://www.awf.or.jp/6/statement-02.html、二〇一九年九月一八日閲覧）。

（14）一九九五年八月一五日に発表された村山富市内閣総理大臣談話。以下は概要。

「わが国は、遠くない過去の一時期、国策を誤り、戦争への道を歩んで国民を存亡の危機に陥れ、植民地支配と侵略によって、多くの国々、とりわけアジア諸国の人々に対して多大の損害と苦痛を与えました。私は、未来に過ち無からしめんとするが故に、疑うべくもないこの歴史の事実を謙虚に受け止め、ここにあらためて痛切な反省の意を表し、心からのお詫びの気持ちを表明いたします。また、この歴史がもたらした内外すべての犠牲者に深い哀悼の念を捧げます」（「デジタル記念館　慰安婦問題とアジア女性基金」サイトの「ごあいさつ　理事長村山富市」http://www.awf.or.jp/preface.htm、二〇一九年九月一八日閲覧）。

(15) アジア女性基金（女性のためのアジア平和国民基金）は元「慰安婦」に対して、橋本龍太郎首相の謝罪の手紙と「償い金」二〇〇万円を手渡し、加えて理事長の手紙を手渡し、政府拠出金による健康福祉事業（一二〇～三〇〇万円規模）を行い、日本国民の償いと反省の気持ちを届けることを目的として活動した（前掲『「慰安婦」問題とアジア女性基金』）。「償い金」は国民からの拠金によるが、足りない場合は政府が責任をもつとされた（同、二二一～二二三頁）。なお、基金の事業を受け取っても、日本に対して賠償訴訟を起こすなどの権利は失われない（同、二二五頁）。

(16) 一九九六年一月と二月に、高橋宗司氏（基金の運営審議会委員）が韓国を訪れ、挺対協など韓国の元「慰安婦」支援団体と話し合いを求めたが拒否された（前掲『「慰安婦」問題とアジア女性基金』一一四頁）。また台湾には一九九六年一月、下村満子氏（アジア女性基金の理事）が赴き、婦援会（→一六三頁）に説明をした。婦援会は当初「基金の償い金を受け取っても、国家賠償を受け取る権利を失わない」ことを日本政府が示せば応じる意向を見せたので、政府とかけあって「基金の事業を受け取っても、日本政府に対する国家賠償の訴訟を起こすなどの権利は失われない。基金の事業を受け取るにあたって、一切の条件はつけない」という意味の政府の文書を用意したが、婦援会は応じず、「国家賠償以外は受け取らない」と拒否。償い金を受け取る意志を示した元「慰安婦」たちには、受け取らないよう説得した（同、一二四―六頁）。

なお、韓国や台湾でも償いを受け入れた方々もいる。またフィリピン、オランダでは受け入れられた。インドネシアでは、平和協定との整合等を考慮した同国政府の方針により個人に対する償い金の支給はできなかったが、元「慰安婦」が優先的に入居できる高齢者福祉施設を六九カ所に建設した。（「デジタル記念館　慰安婦問題とアジア女性基金」http://www.awf.or.jp/3/index.html　二〇一九年八月一七日閲覧）。

(17) 日本国と大韓民国との間の基本関係に関する条約（通称日韓基本条約）、一九六五年六月締結。この条約の交渉の中で、個人に対する補償について、日本側は個人への直接補償を主張したが、韓国側は政府への一括支払いを要求し、個人への補償は韓国政府に委ねられた。韓国の慰安婦や被害者たちがほとんどの裁判で負けた理由はここにある（前掲『帝国の慰安婦』一八八頁）。また条約とともに締結された「日韓請求権および経済協力協定」第二条において、日韓両国は請求権について「完全かつ最終的に解決された」ことを確認した。

ちなみに、この条約締結には多分に米国の意図が働いている。米国からすればベトナム戦争支援の体制づくりであり、「韓国がインドシナ戦争に軍事的に貢献し、この韓国を日本が経済的に支える仕組みがこの条約によってつくりだされた」(文京洙『韓国現代史』岩波書店、二〇〇五年、一二一~四頁)。

(18) アクティブ・ミュージアム「女たちの戦争と平和資料館(Wam)」サイトの「日本で行なわれた日本軍性暴力被害者裁判」を参照(https://wam-peace.org/ianfu-mondai/lawsuit#05、二〇一九年九月一八日閲覧)。

(19)「台北市婦女救援社会福利事業基金会」は、中華民国(台湾)の女性人権団体。一九八七年に設立され、男女平等意識を提唱し、女性の人身売買や少女売春の根絶などを目指して、立法の推進や救援活動を行っている。一九九二年から「慰安婦ホットライン」を設け、元「慰安婦」たちの調査と認証を行い、彼女たちの対日賠償請求訴訟を支援している。また学校での指導や歴史教科書への記載を推進、資料収集や書籍の出版なども手がける(「アマのホームページ 慰安婦と女性の人権バーチャル博物館」http://www.womandpeace.org.tw/www_jp/language.asp、二〇一九年九月一八日閲覧)。

(20) マクドゥーガル報告書と呼ばれる。本文の主な対象は旧ユーゴスラビアの戦争とルワンダの虐殺だが、付属文書で日本軍「慰安婦」を取り上げている。

(21) 二〇〇〇年一二月に東京で開かれ、一年を経て二〇〇一年一二月にオランダのハーグで「最終判決」として要求事項などを発表した。国際実行委員会共同代表は、松井やより(VAWW-NETジャパン代表)、インダイ・サホール(女性の人権アジアセンター代表)、尹貞玉(韓国挺身隊問題対策協議会共同代表)。

(22) 民衆法廷とは、市民やNGOが人道上の問題提起や抗議などを目的として、有識者や関係者を集めて開催する模擬法廷。多くは刑事裁判に類似した形式をとり、集会としての結論や意見を「判決」という形で示す。ラッセル法廷はその最初のもので、ベトナム戦争におけるアメリカの戦争犯罪を裁くため、哲学者バートランド・ラッセルが提唱し、ジャン・ポール・サルトルを裁判長として、一九六七年五月二日から一〇日間、スウェーデンのストックホルムで開かれた。

(23) 松井やより『愛と怒り　闘う勇気』(岩波書店、二〇〇三年、一九三〜九頁)にその記述がある。松井氏は一九九七年二月にフィリピンの「女性の人権アジアセンター」代表インダイ・サホール氏から、「東京で武力紛争下の女性に対する暴力についての国際会議を開きたい」という要請を受けた。サホール氏は東京で開催したい理由として、①「慰安婦」問題について日本政府に圧力をかけたい、②日本だけが非常に広い範囲の女性運動として、自国の戦争責任の問題を取り上げているので、日本の女性運動は他国にとって参考になる、という二点を挙げた。これを受けてアジア女性資料センター(→一五〇頁)に実行委員会をつくり、一九九七年秋に「戦争と武力紛争下の女性への暴力」国際会議を開く。松井氏はこの会議で「戦時性暴力の不処罰の循環をどう断つか」が最大のテーマとなったことに目を開かれ、以後「処罰の問題が最大の課題」と考えるようになる。「戦後の日本では戦争犯罪者の処罰はタブーだった。なぜなら戦争の最高責任者が天皇だからだ。東京裁判で天皇が裁かれなかったことで、軍の上層部も一兵卒もみな『自分は天皇の命令でやった』という。『天皇が裁かれなかったのだから、自分たちが裁かれる必要はない』という理屈を得られたのだ」（同、一九六頁）。「慰安婦」問題において、韓国の元「慰安婦」たちは加害者の処罰を望んでいる。どうしたらよいかと頭を悩ませているうち、「夜中にふと『ラッセル法廷のような民衆法廷をやればいいじゃないか』と思いついた」（同、一九八頁）。

(24) 二〇〇一年一月半ば以降、番組内容を知った右翼団体などがNHKに放送中止を求め、局内ではより客観的な内容にする作業が進められた。放送二日前（一月二八日）に番組が完成し、教育番組部長が承認したということだが、その翌日、中川昭一、安倍晋三議員がNHK幹部を呼び出し、「偏った内容だ」などと指摘。NHKはその後さらに番組内容を変更して放送した。（『朝日新聞』二〇〇五年一月十二日）

(25) 永田浩三『NHK、鉄の沈黙はだれのために　番組改変事件10年目の告白』柏書房、二〇一〇年。

(26) 国連では一九九九年、ドミニカで独裁政権と闘ったミラバル姉妹が殺害された一九六〇年一一月二五日を記念して、毎年一一月二五日を「女性に対する暴力撤廃の国際デー」と定めた。

(27) 「慰安婦」問題の解決を目的とした法案、「戦時性的強制被害者問題の解決の促進に関する法律案」を指す。一九九九年に民主党が、この法案の政策要綱を発表。二〇〇〇年に民主党より提案され、民主、共産、社民三党により国会提出された。

(28) 二〇一五年一二月二八日の日韓外相会談で成立した、「慰安婦」問題の解決に関する日韓両政府間の合意。韓国政府が元「慰安婦」支援のために設立する財団（和解・癒やし財団）に日本政府が一〇億円を拠出し、両国が協力して問題の解決を図ることを合意した。合意当時に生存した被害者四七人のうち三六人と、死亡被害者一九九人のうち六八人の遺族が、生存者は一億ウォン、死亡者は二千万ウォンを受け取ったか、受け取る意思を示した（朴槿恵政権に代わり成立した文在寅政権下で召集された、日韓合意に関する諮問委員会「韓・日日本軍慰安婦被害者問題合意検討タスクフォース」による「韓・日日本軍慰安婦被害者問題合意検討報告書」二〇一七年一二月二七日。http://justice.skr.jp/report/report.pdf 二〇一九年九月一九日閲覧）。

(29) 二〇一八年一一月、文在寅政権は財団の解散手続きを始め、翌年六月に解散登記を申請して完了した。しかし支払事業については受給希望者のうち、元「慰安婦」二人と遺族一三人に支払われておらず、日本政府の拠出金一〇億円のうち五億円余りが残った状況。外務省は日韓合意の実施を求めて、今後も韓国との協議を続ける意向を示している。（『朝日新聞』二〇一九年七月六日）

(30) 「不可逆的」という表現については、「二〇一五年一月の第六次局長級協議で韓国側がこの用語を先に使い始めた。（中略）韓国側は、『謝罪』の不可逆性を強調していたが、当初の趣旨とは異なり、合意では『解決』の不可逆性を意味するものに脈絡が変わった」（前掲「韓・日日本軍慰安婦被害者問題合意検討報告書」）。

(31) 二〇一五年一二月二八日、安倍晋三首相は日韓外相会談で、「慰安婦」問題解決の合意に至ったことを受けて、「子や孫の世代に謝罪しつづける宿命を背負わせるわけにはいかない。今後、日韓は新しい時代を迎える」と記者団に語った。また韓国の朴槿恵大統領との電話で「あまたの苦痛を経験され、心身にわたり癒やしがたい傷を負われたすべての方々に対し、心からおわびと反省の気持ちを表明する」「今回の合意により、慰安婦問題が最終的かつ不可逆的に解決されることを歓迎したい」と述べ、朴大統領は「おわびと反省の気持ちを表明してくれたことは、慰安婦被害者の名誉と尊厳を回復し、心の傷を癒すことにつながる」と語ったと伝えられる(『朝日新聞』二〇一五年一二月二九日)。

7 平和と人権、脱原発運動

(1) 国会法の定めにより、国が給与を負担する国会議員の秘書で、身分は国家公務員特別職となる。公設第一秘書、公設第二秘書のほか、一九九四年から政策担当秘書もおくことができるようになった。

(2) 一八八二年一二月に日本電信電話公社がテレホンカードの発行発売を開始した。

(3) 一九八七年一一月二八、二九日の二日間、神戸国際会議場において「アジア人権フォーラム」が開催され、アジア各国の人権団体や民主化運動家を含めて七〇〇人が参加。そこで採択された「アジアの人権確立をめざす行動計画」に基づき「アジア人権基金」の設立が決まった。一九八八年一二月に設立準備会が発足、一九八九年三月から本格的な募金活動に入る。正式に発足したのは一九九〇年一二月一〇日だが、活動はすでに八九年から開始していた。（土井たか子・村井吉敬・アジア人権基金編『アジア・ヒューマンライツ　アジア人権基金の歩み』梨の木舎、二〇一〇年、一三二～四七頁）

（4）湾岸戦争による避難民の救出に自衛隊輸送機を派遣することに反対し、土井たか子を支える会、日本カトリック司教協議会、十仁病院ボランティアの会、国際親善交流協会の四団体は、自衛隊機に替わるチャーター機を確保する募金を行い、ロイヤル・ヨルダン航空一四機を確保して避難民をアンマンからカイロに移送し、救援物資の輸送も行った。（「大原クロニカ」http://oohara.mt.tama.hosei.ac.jp/khronika/1991/1991_07.html、カトリック中央協議会 https://www.cbcj.catholic.jp/1991/01/31/5971/ 二〇一九年九月二二日閲覧）

（5）土井たか子・吉武輝子『やるっきゃない！　吉武輝子が聞く　土井たか子の人生』（パド・ウィメンズ・オフィス、二〇〇九年、一九六～七頁）に、土井候補の選挙活動に対する執拗で暴力的な妨害について、吉武氏が体験を語っている。

（6）『梟』別冊：土井たか子を支える会・ファイナルパーティー（二〇〇六年五月）、六五頁。

（7）『木更津から　外国人研修生木更津事件を考える会ニュース』一一号（二〇一六年七月七日発行）が最終号。二〇一一年に崔さんが医療刑務所に移されて以来、親族以外の面会は認められず、支援することができなくなり活動を停止していた。五年ぶりに発行した一一号に、同年六月、崔さんの家族が来日して面会したことを報告し、何もできない状態のため「移住者と連帯する全国ネットワーク」に残金を寄付して見守りを依頼し、会を解散すると記している。

(8) 一九四四〜四五年にかけて九八六人の中国人が、花岡鉱山(現秋田県大館市)に連行され、鹿島建設の下花岡川の改修工事や鉱滓堆積ダム工事に従事させられた。劣悪な環境で過酷な労働を強いられ、激しい暴行もあり、一三七人が死亡し、重症者も多数いた。大隊長だった耿諄氏と幹部七人は、一九四五年六月三〇日深夜を期して蜂起を企てたが、計画が広まると統制が崩れて蜂起は成らず、逃亡して抵抗したものの次々に捕まって処刑され、数百人が犠牲となった。敗戦後も一〇月に占領軍が来るまでに、さらに多数が死亡した。(大館郷土博物館ホームページ「花岡事件」、http://odate-city.jp/museum/virtual/2f/hanaoka_incident、二〇一九年一一月三〇日閲覧)

(9) 東史郎氏は一九三七年に二五歳で召集され、陸軍京都第一六師団福知山二〇聯隊の兵士として南京攻略戦に参加した。一九八七年七月に、京都の市民運動の要請を受けて自らの体験を証言し、当時の日記や資料を公表した。同年一二月に南京市を訪問して、元日本兵として始めて謝罪した。日記の一部を『わが南京プラトーン』(青木書店、一九八七年)として出版。一九九三年四月、公表した日記中の「最高法院の前で中国人を袋に入れ、ガソリンをかけ燃やし、手榴弾をつけて沼に放り込んで殺した」という記述について、その実行犯とされた元上官から名誉棄損で訴えられた。一審、二審、最高裁とも敗訴。(東史郎さんの南京裁判を支える会『加害と赦し―南京大虐殺と東史郎裁判』現代書館、二〇〇一年、一〜四頁）。

（10）東京電力の株式を購入して株主となり、株主の立場として脱原発・自然エネルギーの推進を訴える運動で、一九八九年から始まった。商法に則って、株主提案権を行使するためには、六カ月前から継続して、株主議決権の一〇〇分の一以上、または三〇〇個以上の議決権をもつ必要がある。そのうえで、株主総会開催日の八週間以上前に、取締役に対して一定の事項を株主総会の議案とするように請求する。株主総会の議題は、招集通知に記載される。

（11）「〝経産省前テントひろば〟で」（『市民の意見』一四一号、二〇一三年一二月一日）。

（12）意見広告活動を続ける市民グループ。一九八九年一月一六日の朝日新聞紙上に「非暴力と民主主義社会を目指す三〇項目の提言」の意見広告を掲載し、以来その実現を目指して活動している。隔月で機関誌『市民の意見』を発行している。

（13）金曜日一七〜一八時、経産省本館正門前にて抗議行動（「経産省前テントひろば」主催）。また平日は一二〜一八時、土・日・休日は一二〜一六時に経産省本館前で座り込み・スタンディング行動を実施。（9・11経産省包囲・ヒューマンチェーン https://twitter.com/20150911tento、二〇一九年八月二四日閲覧）。

（14）「毎週金曜　再稼働反対！　首相官邸前抗議」、首相官邸前一八時半〜二〇時、国会正門前一八時半〜一九時半。（首都圏反原発連合 http://coalitionagainstnukes.jp/、二〇一九年八月二四日閲覧）。

おわりに

原稿作成の過程

久しぶりに谷さんと会って話を伺ったのは、二〇一七年五月の連休中のことだ。あらかじめ戦後の活動のメモを送ってくださったので、まず生い立ちや敗戦後の状況を少し振り返っていただき、それからメモに沿って堀川愛生園のこと、六〇年安保、そしてベトナム反戦運動をきっかけに関わったさまざまな運動について、数時間にわたって話を聞いた。

その録音を文章に起こして、疑問を感じた箇所に質問を挿入しながら、最初の原稿を作成してお送りした。谷さんは原稿を読んで、訂正や補足などの赤字を入れ、また質問に回答する文章を書き、関連する資料や写真なども添えて、返送してくださる。私は赤字を直し、回答の文章を原稿に加え、写真を挿入し、場合によっては資料等の情報も原稿に加えて訂正原稿を作成し、質問を追加して再び谷さんにお送りする。この繰り返しで、徐々に内容を充実させていった。

その一方で話題に上った事件や運動、人物、歴史的背景などを調べて、注記の形で原稿に添えた。これは私自身が谷さんのお話を理解するための「メモ」として作成したものだが、同時に谷さんの認識と、私の理解とをすり合わせることも意図していた。実際、谷さんから反論や訂正、補足などをいただくこともあり、互いにより正確な認識に努めた。

こうして原稿のやり取りを三回繰り返したところで一年が経過したので、再び五月の連休にお会いして補足の話を伺い、さらにやり取りを重ねた。そして二〇一九年二月、六回目の訂正原稿を作成したところで、ほぼ内容を確定。それから本の体裁に組んで、校正を重ねたうえで完成した。それが本書である。

戦争責任の自覚から市民運動へ

谷さんは敗戦の翌年、聖路加女子専門学校に入学して看護師を目指したが、一年生の冬休みにキリスト教医科連盟の奉仕活動に参加して福島県へ行き、宿泊した堀川愛生園で出会いがあって結婚、退学してそこで働くことになった。堀川愛生園は、キリスト教系の児童養護施設である。小舎に分かれ、職員が父母役になって、庇護者を失った子どもたちを家族のように養育する方針をとる。谷さんは自身も三人の子を授かりながら、わが子と同様に園児の養育に励んだ。

敗戦後は多くの人たちが傷つき、国全体が疲弊していたので、その手当てをするという意識が強かった、と谷さんはふり返る。愛生園での奉仕的な働きもそうした意識に支えられていた。一九五一年、講和条約により日本が主権回復をしたとき、谷さんは愛生園で子どもたちの世話に忙しく、ちょうど不便な山奥から、新築した町中の園舎に移転してきたところだった。戦後の復興が進み、徐々に生活も改善してきたとはいえなお困窮を抱えていたこの時期、谷さんに限らず多くの人々は目の前の生活を立て直すことに懸命だった。そんな中、主権回復と同時に結ばれた日米安全保障条約により、占領軍は在日米軍となり、基地はそのまま残ったのである。

谷さんが戦争責任を考えるようになったのは、二冊の本に触発されてのことだった。『海の沈黙』（一九五一年）、『白薔薇は散らず』（一九五五年）という仏独の戦争に対するレジスタンスの本で、いずれも初版を購入して読んだという。その影響もあって六〇年安保では休暇を取って上京し、初めてデモに加わった。翌年、わが子の教育を考えて東京へ戻り、校正の仕事に就く。その後、ベトナム反戦運動に注目して「やきいもの会」という平和を考える女性グループに加わり、そこでの交流から活動を広げていく。

谷さんが関わってきた運動

谷さんは今日に至るまで、実にさまざまな市民運動に関わってきた。敗戦から現在までの主な行動を年表（次頁）にまとめてみた。その活動を整理すると、次のようになる。

①安保体制・基地問題　六〇年安保の折、福島から上京して反対のデモに加わったのが、谷さんにとって初めて「声をあげた」経験だった。谷さんが本格的に運動に関わるきっか

◀戦後の谷さんの主な行動

一九四六　聖路加女子専門学校入学
一九四七　結婚・堀川愛生園に入職
一九五一　『海の沈黙』
一九五五　『白薔薇は散らず』を読む
一九六〇　上京して安保反対デモに参加
一九六一　堀川愛生園を辞職して上京
一九六二–八八　中央公論社の校正の仕事
一九六八–七三　やきいもの会（平和運動）
一九六八–七五　ベトナム戦争反対運動
一九七〇–七一　劉彩品氏支援（入管問題）
一九七〇–九四　林景明氏支援（入管問題）
一九七〇–七五　在韓被爆者孫振斗氏の支援
一九七一–七五　入管体制を知るための会
一九七一　沖縄返還協定強行採決への抗議行動
一九七一–七四　蓮見さんのことを考える女性の会
一九七二　忍草母の会と交流（基地問題）
一九七五–九五　国籍法研究会
一九七七–九四　アジアの女たちの会
一九七三–八三　金鉉釣氏国民年金裁判

けとなったベトナム戦争でも、在日米軍基地が重要な拠点となっている。安保体制と米軍基地は日本の戦後を貫く構造的な問題と言える。ことに基地の集中する沖縄の状況について、谷さんは常に関心を寄せている。唯一代表を務めた「蓮見さんのことを考える女性の会」も、沖縄返還に伴う米国との密約を糾す運動だった。

②国籍法に関する問題　講和条約により主権を回復した際、国籍を日本人のみに限ることにより、かつて植民地とした朝鮮や台湾の人たちに対する補償責任（被爆者援護や戦争遺族年金など）を放棄する形になった。また旧植民地出身の在日を、一律に一般外国人と同じあつかいにしたことでも、さまざまな問題が生じている。谷さんは国籍法の勉強会に参加しながら、来日した在韓被爆者や、在日

一九七九–二〇〇六	土井たか子を支える会
一九八〇–八三	金大中氏支援の市民運動
一九八〇	買春観光反対集会・デモ（アジアの女たちの会）
一九八一–	沖縄基地問題（最近では辺野古等）
一九八二	8・15とアジア集会（アジアの女たちの会）
一九八二	教科書問題文部省に抗議集会
一九八三	女大学で「慰安婦」問題（アジアの女たちの会）
一九八六–	中国人強制連行を考える会
一九九二–九四	新小岩事件裁判傍聴
一九九九–	台湾の元「慰安婦」裁判を支援する会
二〇〇七–一六	外国人研修生木更津事件を考える会
二〇〇八	中国残留婦人家族の裁判傍聴
二〇〇八–	脱原発運動
二〇一〇	女性に対する暴力撤廃の国際デー行動
二〇一一	水曜デモ一〇〇〇回記念デモ
二〇一二–	ノーモア南京の会・東京
二〇一三–	関東大震災中国人受難者を追悼する会

韓国人の年金裁判の支援などに関わった。

③入管体制に関する問題　入国管理局では、在留手続に来た外国人を本国の要請で強制送還することがあり、戒厳令下にあった時期の台湾など、帰国すれば生命の危険もある留学生や在留外国人にとって脅威となっていた。特に台湾で独立運動をした林景明氏はそれを恐れ、入管への付き添いを望んだので、谷さんは依頼を受けるたびに付き添った。林氏は植民地下の台湾で皇民化教育を受け、一五歳で徴兵された過去をもつ人だった。

④アジアに対する戦争責任　谷さんが一七年にわたり熱心に活動に加わった「アジアの女たちの会」は、女性の立場で戦争責任を自覚し、先の戦争の延長線上に戦後高度成長期以後の経済侵略や性侵略などを位置づけて運動を展開した。谷さんはこの会を通じて、買

春観光、アジア人ホステス、従軍「慰安婦」、歴史教科書などの問題に関わっている。また同会の他でも、戦時下の強制連行や南京虐殺、近年の外国人研修生・技能実習生などの問題に注目している。

⑤女性・貧困に関する問題　「慰安婦」や買春観光、アジア人ホステス等の問題が女性蔑視や貧困を背景としているのは言うまでもない。また、谷さんが国籍法の勉強会に加わった七〇年代、日本の国籍法はまだ父系優先血統主義をとっており、憲法第二四条の男女平等に背くとともに、その弊害として沖縄で米兵との間に生まれた子が無国籍児になるケースが増えていた。一九七七年に土井たか子議員が、初めて国会でこの問題を追及したとき、谷さんは傍聴に行っている（一九八四年、父母両系血統主義に改正）。その後、土井たか子を支える会に加わり、土井氏の議員引退で解散するまで助力している。

⑥平和・脱原発など　福島第一原発の事故は、愛生園で働いた谷さんにとって他人事ではない。が、実はそれ以前、二〇〇八年から脱原発・東電株主運動に加わっている。水上勉の著書から「貧しい過疎地に建設された原発が大都市へ電力を供給する」という構造に気づき、大都市住民の一人として責任を意識したという。その他、光州事件に伴い金大中氏を支援する運動にも参加している。

＊

こうしてみると谷さんの運動は、ほとんどが先の戦争に関わるものだと気づく。そして、その背景にある女性蔑視や貧困について、常に関心を寄せている。しかも問題の多くは現在もなお続いているのである。特に印象に残った点について、次に挙げる。

戦後民主主義の実態

谷さんが市民運動を始めるきっかけとなったベトナム反戦運動は、日本でも立場や年齢層をこえて全国に広がり、同時に安保体制への批判が高まっていた。一方、沖縄では住民の抵抗運動が激化しており、こうした状況から米国は、七〇年の安保延長を前提に沖縄返還に応じる姿勢を見せて、日米は返還協定の協議に入った。しかし米軍基地や核兵器の扱いが不透明だったため、返還協定への反対は強く、一九七一年一一月、政府は強行採決で批准を決めた。このとき国会前で行われた強行採決への抗議行動に、谷さんも加わっている。

その直後、沖縄密約事件が国会で取り上げられ、世間の注目を集めた。それは沖縄返還の際、米国が支払うべき軍用地復元費用を、日本政府が肩代わりするという密約で、外務省の事務官だった蓮見喜久子さんが、密約に関する電報文のコピーを、毎日新聞記者に提供したことで明るみに出た。二人は機密漏洩の罪で起訴され、ことに報道記者の逮捕は「知る権利の侵害」として、各方面で抗議の声が上がる。谷さんたちも「蓮見さんのことを考える女性の会」を立ちあげた。彼女たちの運動は、「蓮見さんの決断がなければ国民は密約を知り得なかった」と、罪に問われた元事務官に寄り添い、女性の立場から「知る権利」を守ることを主眼としていた。このとき政府は一貫して密約の存在を否定し通したが、時を経て米国で公開された資料や関係者の証言により、密約の存在と内容が明らかになった（→八四、一〇五頁）。まさに戦中の大本営発表と同じ行為が、戦後に至ってもなお繰り返されているのである。

しかも当時、二人の裁判で検察側が「ひそかに情を通じ」「ホテルに誘って情を通じたあげく」という覗き趣味な表現を訴状に書き立てると、その誘導にやすやすと乗って、マスコミや世間の関心は密約からゴシップへと移ってしまう。また、蓮見さんの勇気ある行動に共感し、寄り添おうとした谷さんたちの呼びかけに対して、蓮見さん自身は最後まで応じることなく、「そそのかされて間違いを犯した哀れな女性」という姿勢で、改悛の情を示すことに終始した。この顛末は戦後の社会の有り様を象徴している。

谷さんたちは運動の過程で小冊子『記録　蓮見さんをなぜ裁くのか』を発刊した。その中で、むのたけじ氏が「知る権利」についてこう述べている。「『知る権利』は、それをほしいと望む者たちが、それをはばむ者たちと戦って獲得するものである。『知らせる責任』を果たそうとするものをみんなで守り育ててこそ『権利』がはじめて実物となる」と。当時はもちろん、今現在に至ってもなお、これこそが問題の核心であり、戦後民主主義が未だに「実物」とならない所以ではないだろうか。

非常時（戦争）は日常の延長

一九七七年に結成された「アジアの女たちの会」に、谷さんは発足当初から加わり、解散に至るまでの一七年間、熱心に活動を続けた。買春ツアーに反対するビラ撒きをきっかけに発足した同会は、「かつて日本がアジアを侵略した際、その先兵となったのは自分たちの肉親や友人、恋人だったが、今、再び経済侵略や性侵略の先兵として男たちを送り出すことは拒否する」と宣言し、戦争責任と女性解放を強く意識して活動を展開した。戦争責任を考えるとき、過去（戦争中）の行為だけに留めず、むしろ目前の状況に注目して問題を提起する姿勢が特徴だ。

この視点に立って、戦中の「慰安婦」の延長線上に、戦後の買春ツアーやアジア人ホステス（いわゆるジャパゆきさん）などの問題を重ね、あるいは武力侵略に高度成長期以降の経済侵略を重ねて見直すと、人権意識の低さとともにアジアや女性に対する蔑視、そして貧困問題が浮かんでくる。ここで気づくのは、戦争という非常時が決して日常と遮断されたものではないということだ。平時の日常の延長線上に、戦争という非常時が成り立つことが改めて認識できる。

それは谷さんが運動に関わった南京虐殺や花岡事件などの行為や、また連合軍捕虜に対する虐待などにも言えることで、戦争下ゆえに突如人間性が変わったわけではなく、日常的な人権意識の低さや差別感が下地にある。同様に戦後、民主主義社会に移行しても、個々人の意識が改まらないために、経済侵略や性侵略、国籍・入管問題やアジア人実習生への不当な待遇などへとつながっていく。また谷さんが指摘したように、原発問題の根底にも人権や知る権利を蔑ろにする姿勢がある。

やはり日常的な人権意識を高めることが、本当の意味で戦争責任の自覚につながり、平和を展望する基礎になる。谷さんの運動を追いながら、その思いを強くした。

戦争の「痛み」を知る世代から

戦後の冷戦開始にともない、米国は一転して日本の再軍備を望むようになり、冷戦終結後も有事のたびに日本の軍事協力を要求している。それでも憲法九条を楯に、このことばかりは全くの言いなりにはならず、戦後七〇余年にわたり曲がりなりにも戦争を否定し、平和を希求し続けてきた。それができたのは、ひとえに戦争を知る世代の「痛み」によるものだったのではないだろうか。米国追従の政府も、長らくこの切実な国民感情を越えることはできなかった。

また戦争責任について、フィリピンのインダイ・サホールさんが「慰安婦」問題にふれて、「日本だけが非常に広い範囲の女性運動として、自国の戦争責任の問題を取り上げている」と指摘したように(→二三〇頁)、十分とはとても言えないにしても、政府や国民自らが加害を調査し、謝罪や償いを重ねてきた。これもまた戦争の「痛み」によるところが大きい。

「痛み」には、加害の「痛恨」も重く含まれている。しかし今、戦争を体験した世代は年を追うごとに少なくなってきた。果たして、以前は通らなかった人権を制限し、戦争を引き寄せる法律が成立し始め、憲法九条が脅かされている。

こうした状況に危機感を強め、戦争の悲惨な体験を伝えて、その「痛み」を若い世代に受け継ぐ活動が多々なされている。本書では戦時下に育ち、二十一歳で敗戦を迎えた谷さんが、続く「戦後」をどう生きてきたかを聞き取った。

谷さんの戦後、ことに息長く続けてきた市民運動から見えてくるものは、戦争責任の自覚とともに、「人権」を求める意志、すなわち民主主義の希求だった（最も人権を蹂躙するのが戦争である）。そして人権も平和も個々人の日常的な希求により「実物」になる。この自覚こそが「痛み」を受け継ぐことであり、谷さんの「声」もそれを伝えている。

＊

本書の出版を考えたとき、「アジアの女たちの会」と縁の深い梨の木舎からと切望した。快く引き受けて、出版の労をとってくださった羽田ゆみ子社長に心から感謝する。そして私の求めに応じて、自身の戦後を丹念に語ってくださった谷たみさんに、改めて尊敬と感謝の念を表したいと思う。

二〇一九年一二月

堀江優子

谷たみ（たに・たみ）　1924（大正13）年生れ。1944年9月東京女子大学高等学部卒業。1947年福島県の堀川愛生園に入職して14年間勤務。その後東京に戻り、中央公論社の校正の仕事に就く。ベトナム反戦運動に参加して以来、仕事や家庭生活の傍ら数々の市民運動に関わる。

堀江優子（ほりえ・ゆうこ）　1960（昭和35）年生れ。1983年東京女子大学文理学部史学科卒業。出版社勤務を経て、編集関係の仕事に従事。共著に『自然なお産を求めて―産む側からみた日本ラマーズ法小史』（杉山次子・堀江優子共著、勁草書房、1996年）、編著に『戦時下の女子学生たち―東京女子大学に学んだ60人の体験』（教文館、2012年）がある。

わたしの戦後史

95歳、大正生れ、草の根の女のオーラルヒストリー
戦争の「痛み」を知る世代が求め続けたもの

2020年1月25日　初版発行

語　り……………………谷たみ

編　著……………………堀江優子

装　丁……………………宮部浩司

発行者……………………羽田ゆみ子

発行所……………………梨の木舎

〒101-0061
東京都千代田区神田三崎町2-2-12 エコービル1階
TEL:03-6256-9517　FAX:03-6256-9518
info@nashinoki-sha.com
http://www.nashinoki-sha.com/

DTP………………………株式会社堀江制作

印刷所……………………株式会社厚徳社

教科書に書かれなかった戦争

⑯歴史を学び、今を考える ——戦争そして戦後

内海愛子・加藤陽子 著　　A5判／ 160頁／定価1500円＋税

◉目次　1部　歴史を学び、今を考える／それでも日本人は「戦争」を選ぶのか? 加藤陽子／日本の戦後—少数者の視点から　内海愛子／ 2部　質問にこたえて／●「国家は想像を越える形で国民に迫ってくる場合があります」加藤陽子／「戦争も歴史も身近な出来事から考えていくことで社会の仕組みが見えてきます」内海愛子●大きな揺れの時代に、いま私たちは生きている。いったいどこに向かって進んでいるのか。被害と加害、協力と抵抗の歴史を振り返りながら、キーパーソンのお二人が語る。●時代を読みとるための巻末資料を豊富につけた。特に「賠償一覧年表　戸籍・国籍の歴史……人民の国民化」は実にユニークです。

978-4-8166-1703-4

---

⑱過去から学び、現在に橋をかける
——日朝をつなぐ35人、歴史家・作家・アーティスト

朴日粉 著

A5判／ 194頁／定価1800円＋税

「いま発言しないで、いつ発言するのか」——辺見庸

斎藤美奈子・三浦綾子・岡部伊都子・吉武輝子・松井やより・平山郁夫・上田正昭・斎藤忠・網野義彦・江上波夫・大塚初重・石川逸子・多田富雄・若桑みどり・丸木俊・海老名香葉子・清水澄子・安江良介・黒田清・石川文洋・岩橋崇至・小田実・中塚明・山田昭次・三國連太郎・久野忠治・宇都宮徳馬・山田洋次・高橋良蔵・辻井喬・渡辺淳一

978-4-8166-1802-4

---

⑲ 画家たちの戦争責任
——藤田嗣治の「アッツ島玉砕」をとおして考える

北村小夜 著

A5判／ 140頁／定価1700円＋税

作戦記録画は、軍が画家に依頼して描かせた。画材も配給された。引き受けない画家もいた。1943年のアッツ島玉砕の後、藤田の「アッツ島玉砕」は、国民総力決戦美術展に出品され全国を巡回した。東京の入場者は15万人、著者もその一人で、絵の前で仇討ちを誓ったのだった。

◉目次　1 戦争画のゆくえ　2 そのころの子どもは、親より教師より熱心に戦争をした　3 戦争画を一挙公開し、議論をすすめよう！

978-4-8166-1903-8

◇◇

しゃべり尽くそう! 私たちの新フェミニズム

望月衣塑子・伊藤詩織・三浦まり・平井美津子・猿田佐世 著

四六判／ 190頁／定価1500円＋税

◉目次　言葉にできない苦しみを、伝えていくということ・伊藤詩織／女性＝アウトサイダーが入ると変革が生まれる——女性議員を増やそう・三浦まり／「先生、政治活動って悪いことなん?」子どもたちは、自分で考えはじめている——慰安婦」問題を教え続けて・平井美津子／自発的対米従属の現状をかえるために、オルタナティブな声をどう発信するか——軍事・経済・原発・対アジア関係、すべてが変わる・猿田佐世

978-4-8166-1805-5